文春文庫

精選女性随筆集　中里恒子　野上彌生子

小池真理子選

JN049296

文藝春秋

目次

中里恒子Ⅰ　日々の楽しみ

中里恒子Ⅱ　旧友たち

中里恒子 Ⅲ 本と執筆

中里恒子 Ⅳ おんならしさ

野上彌生子 Ⅰ 山荘暮らし

野上彌生子 Ⅱ 作家の思い出

野上彌生子 Ⅲ 同時代人へ

野上彌生子Ⅳ　山姥独りごと

精選女性随筆集

中里恒子
野上彌生子

明治女学校高等科時代（20歳）
明治38（1905）年撮影

野上彌生子

（1885-1985）

昭和33（1958）年撮影（文藝春秋写真部）

中里恒子

（1909-1987）

独り居の愉しみ

小池真理子

食べること、住まうことを慈《いつく》しみ、身の丈《たけ》に合った暮らしを営んでいる女性には、いつも心惹かれる。

貧しくとも小さな家をちまちまと整え、朝な夕な、台所に立ってささやかな食事の支度をし、縫《ぬ》い物をしたり、野の花を一輪、ガラスの小瓶に挿したり、衣替えの季節には縁先いっぱいに衣類を干したりしながら、多くを語ろうとはせず、しかし、にこにこと機嫌よく一日を過ごすような女性が好きだ。何故なのかはよくわからない。若かったころの母の姿を思い出すからかもしれない。

そして、私が中里恒子の作品を愛するようになったのは、まさにその理由による。

中里の代表作の一つでもある『時雨《しぐれ》の記』の冒頭には、五十を過ぎた男が「海老の天ぷら」の包みを提げて、大磯に独り住まいをしている四十路《よそじ》の女性を訪ねるシーンが描かれている。玄関先には「山椿の花が散り敷いて」、近くの竹藪《たけやぶ》の葉ずれの音が聞こえてくる、静かで小さな家である。

「縁先近くに、炬燵《こたつ》があって、そのまわりに、小裂《こぎれ》が散らばり、小抽斗《こひきだし》の裁縫箱から、赤い針山がみえ」ている。女性は天ぷらを皿に盛り、茶道具と一緒に運んできて、男の目の前でレモンと塩をつけた海老の天ぷらを「ばりばり」とかじる。そして「唇のあぶらを懐紙で拭」い、熱い煎茶を飲む彼女の気取りのなさに、男は深く感動するのだ。

私はその、美しく清楚な情景を思い出すたびに、竹の葉ずれの音を聞きながら侘《わ》び住まいをしている自分が、冷たくなった海老の天ぷらをかじり、唇についたあぶらを舐めとっているような心持ちにさせられる。見事な一節である。

中里恒子には「家」や「住まい」、「身辺的なことがら」に心を託して描かれた作品が多い。決して特別なことではない、ごく日常的な、慣れ親しんできたはずの風景の中に、私たちは中里恒子のことばを通して、気づかなかった幽玄の美を見るのである。

しかし、この、ひっそりとした暮らしを営み、さほど人づきあいが多かったとも思われない、いかにも物静かな作家が内に秘めていたものは、ありがちな想像を易々と超えてしまうほどのものだったろうと思われる。時雨のように、さっと降って、さっと去ってしまう何かに、この作家は幾度となく遭遇してきたのではないか。侘《わび》しさや哀しみだけではなく、悦びや密かな熱情もまた、人生の時雨なのだということを身をもって感じながら、繰り返される日々の中、こつこつと書き続けた人だったように思う。

私は中里の名作『歌枕』や、短編『残月』『家の中』などがとりわけ好きで、いったい幾度、読み返したかわからない。それらはむろん小説であり、中里恒子その人を描いたものではないことはわかっている。だが、こうして中里恒子が遺した全随筆を読み通してみれば、中里が独り住まいをしていた逗子の家、そこには温室があって、数多くの草花を育てていたこと、犬好きで欠かさず犬を飼っていたこと、あまり遠出をせず、どちらかと言えば「家」という小さな宇宙の中で想いを紡ぐのが好きだったことなどが、そっくりそのまま小説の中に、主人公を通して描かれていたことがわかって、しみじみとした喜びを味わうことができた。

中里恒子の書いたものを読むたびに、私は老いることが怖くなくなる。老い衰えていく途上にも小さな悦びと抒情は絶えず生まれ続け、目に映る世界の美しさも翳《かげ》ることがない。そして、それらを眺め、感じる眼差しは鈍るどころか、ますます研ぎ澄まされていくものなのだ、ということが、ひしひしと伝わってくるのである。本当に強い女性、というのは、中里恒子のような人のことを言うのかもしれない、といつも思う。

一方、野上彌生子もまた、中里恒子とはまったく異った形ではありながらも、女性が独りで暮らす、ということを実践し、折々の情景を幾多の文章に残した一人でもあった。

明治時代の半ばに大分県で産声をあげ、恵まれた環境の中で少女期を送ったこの作家は、同郷の成績優秀な東大生と結婚。夫を通して夏目漱石と知り合い、漱石に師事して小説を書き始めた。子息たちに恵まれ、家庭生活も円満で、食べていくために書く必要もなく、順風満帆にのびのびと活躍しながら、彌生子は気がつくと文壇の最長老となっていた。長命ゆえか、風格は年々歳々、増すばかりとなり、時に下の世代から畏《おそ》れられながらも、生涯にわたってその深い教養が崇《あが》められた作家でもあった。

だが、それだけなら、さほど興味も惹かれない。学んで身につけた知識や教養だけでは、それがいかに優れたものであったとしても、真の深みが作品に漂うことはないし、魅力のある作家になれるわけでもない。野上彌生子という作家に私が急に親しみを覚えるようになったのは、長じた彌生子が人生のうちのおよそ半分近くと言ってもいいほど長い歳月を北軽井沢の山荘で過ごした、ということを知ったからだった。

当初は戦時中の疎開先として山荘が選ばれただけであったのが、戦後も厳寒期を除き、彌生子は年のうち半分を山荘で過ごすようになった。夫は戦後まもなく他界し、子息たちも独立していたため、その生活の大半は独りだった。山荘で紡がれた随筆は数多くあり、それらは私に、世間に流布する野上彌生子像ではない、別の野上彌生子の姿をかいま見せてくれる。

食料難だった時代に、彌生子は質素だが実に美味《うま》そうな食事を作って自炊している。山荘を取り囲む野鳥の声、浅間山の火口から立ちのぼる噴煙の様子などの、こまごまとした描写も美しい。人の住んでいない、熊やキツネ、テンやウサギがいる森の中で、たった独り、怖がるでもなく、さびしがるでもなく淡々と日々の暮らしを営み、本を読み、思索し、原稿用紙にペンを走らせていた野上彌生子の姿には、素朴な逞しさを感じる。

暮らしのすみずみを描く言葉が、水彩画のように淡く連ねられていると思って読んでいると、ふいに硬質な文章が始まる。生活の小さなことを愛《め》でつつも、野上彌生子の意識、思考は常に外へ外へと向かおうとする。自分の発した言葉が、自分自身を触発していくのを楽しんで書いているようにも見受けられる。

女性に学問は無用とされていたような時代に、野上彌生子はインテリを地でいく夫を通して、知性と教養を活かす術を学んだ。同業者とのつきあいが希薄だったのも、人嫌いだったからではなく、そんな暇があったら山荘で読書をし、ものを書いているほうがいい、と思っていたからなのだろう。現代にも通じるような合理主義的な側面が見られるのも、野上彌生子の微笑ましい個性と言える。

彌生子は六十八歳の時、山荘近くで暮らす、妻を亡くした哲学者と恋におちた。彌生子の夫もすでに亡く、二人は互いに哲学を教え、教えられる関係のまま、プラトニックな恋を育んだ。高原の森での静かな暮らしの中にこそ、彌生子の創造と思索の原点があったのではないかと私は思う。

その恋人とも死別し、九十九まで生きて、「野上彌生子さん百歳のお祝い」の会を開いてもらった後も、さらに彌生子は独りで北軽井沢の山荘に出かけた。その健康、強靱《きょうじん》な体力には驚かされる。最後まで現役を貫いたのみならず、老いたことの憂いや無常観は何ひとつ書かなかった。「知」に向けた変わらぬ探究心だけが、彌生子に力を与えていた。

だが、私は勉強熱心な野上彌生子ではなく、山荘で独りになれたことにわくわくし、炊きたてのごはんに佃煮をのせて食べている野上彌生子のほうが断然好きだ。そんな彌生子のほうが、この作家の実像を確かな形で伝えてくれると思うからである。

中里恒子 I 日々の楽しみ

閑日月《かんじつげつ》

朝の用事がかたづくまで、私は子供の監督方がた縁側で新聞を拡げ乍《なが》ら、たまには子供の気をまぎらす為に庭へ下りて砂饅頭の四つ五つも丸めてやったりすると、あと暫《しばら》くは独りで砂を花へかけたり、自動車の中へつめたり、飯事《ままごと》道具へしゃくって「御飯よこれニャン子のよ」などお喋《しゃべ》りのいい御機嫌でいるし、そろそろ飽きる頃、いいあんばいに飛行機が列を作ってきたり、そこいらの犬が遊びにきたり、御用ききのお世辞のいいのがかまってくれたりして、ともかく私は無事に新聞を見終える。そのうち婢が手をあけて来ればよし、さもないときは、両天秤のかかるような繕《つくろ》いものや靴下の穴かがりをし乍ら、口では絶えず出鱈目《でたらめ》のお話をしたり、叱ったりすかしたり、唄を唄ったりして遊ばしておく。危険なものに近づかない限り、イタズラはし放題である。——この間も、ちょいといないと思ったら、裏の家の勝手元で、おみおつけをかけた温《ぬる》い洗面器の御飯を、仔猫と一緒につまんでいた。猫はぺろぺろやっていたが、子供は手ですくって二、三度口へもってったらしい所を発見したのはまだしもの仕合せだった。――くみおきの雑水も、洗濯盥《だらい》の石鹼水もちょいちょいと私や婢の眼をかすめてがぶりとやる。それでも平気で更にうけこたえがない。石のような、手品師のような子供なり。

子供が婢に連れられて山の裾《すそ》なり、海辺なりへ遊びに出かけると、そのあとの何時間かを、私は自分の書き方の仕事に当てる。書けないときは、手紙一本ろくに書けず、私は金銭出納帳へ切手十枚とか、ひりゅうず二枚五銭、大根四銭など書いておしまいにする。こんなもてあましてるとき、手紙でも来ようものなら、例え保険料の通知でも一通りは目を通す、印刷の字のつめたさ、ペンで名前や日月、数字の入った字らしさ。まして、いい手紙ででもあれば、私はその日一日嬉しくて何度でも手紙をよみ返す。思いあまると、ずうっと前の手紙まで出して、私は完全に文章の中に入ってしまう。私はいい手紙にかこまれている間、大丈夫である。

昼食後は、子供をねかしながら二十分なり或は一時間なり、天下を取った気で横になる。うらうらと陽に足を干し乍ら蒲団の上からぽかりぽかりとあたたまってくる陽光など、一刻千金のうたたねであろう。静かといって静かなこと、私は来る日も来る日もねむたくてうとうとばかりしている。夏の草花のすがれを掘ったあとは、地面がふわふわになっていて、風のたんびに小さな土塊《つちくれ》がよろよろ吹かれる。みていると、何か戯れているようで、私はたのしくなる。砂を盛っておくと、二、三度の風で崩れて散ってしまうけれど、土はいい。ころころと鈍くてのびやかな、それは一つの律動をさえもっている。

山へ投入《なげいれ》のものを採りに出かけた。近所の犬もついてきて、笹藪《ささやぶ》や、草深い樹木の繁みの中を、がさがさと大波のようにゆすって走り廻るので、私は不意にぎょっとして、ものの音の行方にきっとなったりする。山の中で人に逢《あ》ったりするのは、少し不気味でさみしいけれど、自分一人だけなら山の中は一寸《ちっと》も恐くない。岩で滑っても転んでも非常に気がらくである。道に転ぶなどいうものは、時折やってみないと忘れてしまって、平面と直角に歩いていれば根でも生えたように平気な顔をしている。転んでみると、こういうこともあると思い、こんど歩くときは、今歩いたより少しは慎重にうまく歩く工夫をする。変にもの馴れた感情、いい加減で切り上げているような感情は、例え犬でも図図しく賤《いや》しい気がする。花をみるときは、いつもいつも、生れて初めて花をみるような無垢な美しい気持に打たれるものだが、私はこの手を染めない感情を好む。レンアイの美はこれかもしれない。

――

山には、りんどう、おだまき、つわぶきの花盛りで、樹にかかった山ぶどうの枯葉や、実の濃い淡いは、名人の一筆書きの俤《おもかげ》がある。或人はこれを風雅と愛《め》ずるであろう。ダリアやカアネエションの好きな人は「えい、足に絡まって小うるさい蔓《つる》だ」と引き千切って過ぎるであろう。

仕事の楽しみ

女の手仕事と言えば、料理裁縫、その他家事一般手と心をわずらわさぬものはない。こういうもう当然なきまりきった女の仕事の中にも亦《また》、特に楽しい仕事があることを、私は楽しまずにはいられない質《たち》らしい。

子供が小さい時には、寝台の傍で、幾つ小さなふわふわした毛足袋を編んだことだろう。又、小裂《こぎれ》箱など引っくり返しては、良人《おっと》の為に唐桟《とうざん》などでネクタイを作って、それが結びにくくて迷惑がられたり、下手なフランス刺繡で、家中刺繡だらけになったり、編物や、人形作りや……少しの工夫と丹念さがあれば楽しみながら、家庭の中を豊かな気分と、美しい仕事に満たすことが出来る。

もっとも、こういう言わば手のかかる、時間をつぶす、根気の要る手芸などは、自発的にするのでなければ出来るものではない。また、それでなければ仕事は楽しくもないし、美しい心の溢れたものは出来ないであろう。

つまり、廃物の工夫の面白さや、継《つ》ぎ接《は》ぎの面倒な労力の中に、私はひとかたならぬ女の心の深さや、可憐さや、忍耐や、性情を感じるのである。

たとえば、私たちは不機嫌であったり、怒りたかったり、いらいらしたり、泣いたりしているときに、厄介な刺繡をする気になったり、肩の凝《こ》る編物をしたりすることが出来るであろうか。どうも私は、手先の仕事と言っても、それが殆《ほとん》ど頭の仕事でもあることを考えずにはいられないのである。そうである為に、自分の心が静かな、柔かい愛情で充たされていなければ、このようなひと通りでない根気を要する手芸というようなものは、殆どする気になれないのではないかと思う。

そしてまた、時間や、金銭や、労力や、そういう判然としたもので、この女の優しい、小さな愛すべき仕事は代償され難いのである。私は百万円貰えるとしても、作りたくもないテーブル掛は作る気になれないし、気がすすまなければ、人形も靴下も、幾日かかっても出来上らないことを知っている。

その代りまた、心がそこに在れば、一足の足袋を繕うことも、ばかばかしい面倒さも、凡《すべ》て幸福なのである。なんという女の心のあわれさであろう。また美しさであろう。

手仕事を商売にしている場合はともかく、普通一般の家庭をもったり、勤めたりしている女のひと達が、僅《わず》かの時間を落着いて針をもったり編んだりするその心のなんとも言われない満ち足りた状態を、楽しんでいると称したい。かかる楽しみ、言わば自分で醸成する楽しみの中に、いわゆる手製の稚拙な美しさや、親切さや、丈夫さが生れることを喜びたいのである。

子供が三つのとき作ったまっ黒な熊が、さんざん遊び相手になって、もう十年余り経った現在も、色褪《あ》せ乍ら家の中で大切にされていたり、気が向いて作ったらしい幾つかの下手な古い人形などを見るとき、私はしばしば、まあこんなわずらわしいことをよくしたものだと、我れ乍ら懐しい気持になる。

数年前に、古い総模様の打掛けで、枕屏風を作らせたけれど、これは工夫利用の中でも大変美しく風情があった。それからまた、婚礼のとき用いた振袖は、両袖だけをとって帯にしてあるが、これも振袖のまま蔵《しま》っておくよりは実用にもなり、思い出にもなって楽しい。また亡きひとの遺愛の帯で、ハンドバックを作ったりして贈られたのも、優しい女心の楽しみと解したい。

何日頃だったか、名古屋の或る古着屋で少し木綿の裂《きれ》はしを買ったことがある。その中の一つは、暫く子供の寝台蒲団のカヴァになっていたが、破れたので、今度はいいところをとって、私の働き半纏《ばんてん》にした。やっとの小さい袖と、やっと足りた身丈《みたけ》、それでも軽くて働きよくて、今年は私の唯一の働き着になっているが、こんな貧しげな仕事も、どのくらい楽しみなものか、当事者でなければわからない満足があるのである。

これらの、小さな、面倒臭い、厄介な、決して美しくもない仕事を、命じられて厭《いや》いやしたとしても、女ならばきっと喜びを見つけ出すであろうけれど、私はやはり、命令されたり、無理やりだったりでなく、自分の心の働きから、こういう手仕事が行われるところに微妙な喜びが生れることを期待したい。

何か縫いたい編んでみたい、何か作りたい、そういう要求に女が無心にとりかかっているときは、まさに極楽であろう。そして女である以上は、どんなに多忙でもまるでそんな仕事から没交渉な、木で鼻をくくったような味気ない日ばかりは送れないであろう。気むずかしい女子大学生が、恰好の悪い手套を編んだり、勇ましい運動選手が靴下を繕ったりしていても、それは少しも不思議ではない。当り前である。女の手の仕事の喜びは、女の生活の象徴であると言える。

旅

未だ旅というものをほとほと知らない。それ故、偶《たま》たま逗子から東京へ行くにも、気分としてはまるで敵討《かたきうち》に出るようなものものしさである。――前の日あたりからそわそわと用が手につかず、我乍らいつまでも子供染みてて照れ臭いので、この節は糞落着におちついていざ上京の前にはうんと忙しい思いをすることにしている。わざわざ刺繍や編物に根《こん》をつめたり、虫干をしてみたり、ついでに熱まで出すこともある。

或日も仕度をしてしまって、さて乗物の時間が半ぱだし、はやお昼のつもりで、じゃお餅でも焼いてなどと悠悠坐《すわ》りこみ、やがておしたじをつけてもいい段になり、さっと気付くと確か表を乗合の音だ。そこでもうお茶もお餅も振り切って手袋をしいしい、急いでるくせに又、留守の者に火の用心戸締りなどを注意しいしい履物を履き、おちおち息もつかずに停車場へ急ぐ。着いてみれば今の乗合は下りので、上りのは未だ着いていない。なんだ、こんな事なら一片お餅をたべて来るんだったと今更癪《しゃく》にさわっても追いつかぬ。別に誰それの臨終に駈けつけるわけでもなく、一汽車位遅れてもちっとも差支えないのに、それがその、一旦心に定《き》めたとなると、譬《たと》え一分でも待つのが苦しい性分でじれったい。——結局、こういう忙しい思いをするのが厭なので、やっぱり私は何処かへ出掛ける折は、手廻しよく前日あたりからその心構えになり、騒然としていないと本当でない。で旅なぞも好いているわりに苦手だ。

たまに旅行すれば大袈裟で、二、三日前から既に旅の気になって、さて目的地へ着き、やっとああ来たなと思う。思うとじき帰る気になって落着かぬ。帰って来ると「ああやっぱり家が一番いい」と二、三日はぼんやりしている。——これでは赤ん坊のお花見みたいに手がかかって自分でも呆れてしまう。それ故旅行案内をひろげて、大体費用は幾らくら、さぞいい景色だろうなどと、考え溺れてるときが一番たのしくゆったりしている。それで退屈なときは、温泉案内一冊をめくって、天下の名泉を往来し、気前よく草臥《くたび》れるのも好きだ。屢《しば》しば私はこのような遊びで我慢したので、近頃ではひょっと、もう目星《めぼ》しい温泉地なぞへも行ったみたいな気がしたりして、凡《およ》そへんである。

ずっと前、「伊豆の踊子」を初めて読んだとき、ずいぶん旅の美しさを感じた。すぐにも伊豆の山山をみたい歩きたいと思った。いかにも旅めいた浪漫的な気持や、恋というより踊子へよせたいじらしい温かさなぞが、背景の土地によく似合っていて、伊豆の奥へ行ったらあのようなあたたかい心を有《も》ち、あのような物語りに出会えるだろうかなぞとも思い、終りの、「今人に別れて来たんです。」と云《い》って学生の泣いているところでは、一番「旅」の感じが染《し》みじみした。以来、春になると一度はうつらうつら、鄙《ひな》の土臭い伊豆の匂いを覚えるようになった。私は性得さむがりなので、人づてにきく暖かいという伊豆への関心が、きっとこんなに見ぬ伊豆を好きがらせるもとなのであろう。

山の峡《はざま》に桃や桜の花がのどかに咲いたり、竹が青あおしていたり、椿、菜の花、えんどうなども、色がぐっと冴えていてまぶしいほど深ぶかしてるのじゃないかと思う。――度胸を据えてはるばると旅をしてみたい。すると、仕合せというものはどこにでも在る、と私は思わずはっとしそうな気がする。――はっとしたら、もう少し足もとが広びろみえそうな気がする。――だがこれも旅を知らぬものの独り合点で、本当には旅というものはもっと異ったものなのかもしれない。

しかし何ごとも志を得ないうちが花だと云う。けだし、人生の旅もそういうものであろうか。

星

死ぬとみんなお星さまになってしまうのだから、死んだ人に逢いたかったら夜空をみてごらん。――そう誰やらに教わったような、或いはお伽噺《とぎばなし》で読んだような覚えがあって、いつしか私はお星さまはみんな仏さまだと思いこんでしまった。沢山ひとが死んで、次から次へと月日が古くなったら、空に星が並びきれなくなって了《しま》うだろう。そしたら代り番こに下界をみるようにして、非番の夜はお月さまの宿で光らずにいるんだ。――星をみていると不思議に夢と現実の境がとれて、私は本気でこう思った。

夏の夜など、何心なく空をみていて、やっぱり私は星を太古からの魂のように思うことが多かった。濃い空をバックに、しいんと澄んで光ってるのもあり、ぎざぎざに全反射してるのも、又思い出したようにぴかりぴかりするらしいのもあって、「ああ、あれは人間のとき気取屋だったんだ、」「あれはせっかちだ、きっと、」「あいつは楽天家だったんだな、」などと、胸のうちで独り言を云ってみる。

又、星とは別に、突然ひとに逢いたくなるときがある。いえ、先刻逢ったのはさっきの分、今のは、今が今逢いたい。今の逢いたい心に、今度のとき今のぶんも合わせて逢うというだましは利かない。しかし今逢いたいと思って今すぐ逢える仕合せは、私に一度もなかった。いつでもいつでも、おとといの分や一週間分十日分まとめて逢う。——そういう間の切ない日は星が殊更美しく、あんまり自分勝手に輝いているのが憎らしい。あんなに沢山あるのだから、一つ位墜落して来ないものか、私を面白がらせる為に。——よくそう思っては夜会服を着た夜空を見上げたものだ。

久しい間、こうして一つの星にさえ我が心を写して来たが、恋を離れ、もう子守唄を唄い乍ら我子を寝かしつけるようになってからは、

「明日のお天気はどうだろう、」

と思う夜より外《ほか》、お星さまにも気をつけなくなった。

今でも私は星になるという物語りが好きで、その頃の自分の気持も好きだ。そのくせ、あのように楽しんで星の女になってからの光り具合まで気にした昔が、幕一重の感じで、今はただ冷めたい。

台所の話

その夕方、はもの皮と揚げゆばが手にはいったので、胡瓜《きゆうり》とはもの皮の二杯酢を作り、びん生のビールを、グラスに一杯飲んだ。揚げゆばも、ビールのおつまみによくあい、一杯のつめたいビールは大変うまい。それから焼なすと、さよりのひと干と、チーズ入りのオムレツで食事をした。手のかからないものばかりだが、手をかければ必ずおいしいとは限らないから、結局、好きなもの、珍しいものを、食べられればそれでいいのである。

従ってどうも私は、ノオトにとって教わるようなむずかしい料理法を覚えたい気が起らない。家庭で料理屋の真似をする気もしない。材料さえよければ、不体裁不出来でも結構食べられる。料理は、習ったからとて、はたしておいしいものが作れるかどうかあやしいけれど、近頃は、料理のお稽古が大流行である。

或とき、四人の来客で、大体のことは前日から用意してあったが、いざとなると、生まのものをあれこれきざむのに忙しく、女客も台所へ出て来て手伝ってくれた。

そうそう、こんなときに、腕を見せて貰いましょうとて、ウラの小屋にいる、かねて料理の手伝いに方方へゆくと言ってる女のひとを呼んで、サラダを委《まか》せた。レタス、赤カブ、キュウリ、トマト、ウド、ピーマンなどをただ、適当に切って盛りつけて貰うだけのことである。ドレッシングで和えて大皿へ盛った。……その賑やかなこと、赤カブは、うさぎの耳のように切ってあるし、キュウリは三角に並んでいるし、たまごも、義士の討入りのようにギザギザに散らしてあるし……一見、ぱっときれいには違いないが、ほかの料理と全然あわない。困ったが仕方がない。

お椀に入れる青味のみつばは、茶いろにしてしまうし、サヤエンドウもいろを悪くしてしまった。しかしとにかくみんな食卓に出した。そのとき、客は、サラダを一寸《ちよつと》見やっただけで、ウドをほんの二本か三本食べた位で、殆ど手をつけない。

中にくちの悪いのがいて、折角のサヤエンドウをこんなにして惜しいね、もう残ってないのと言うので、まだあります、やりなおしましょうと、私も台所に立った。春先きの走りの頃で、絹ザヤのまっ青なのが、ひとつかみ残してあった。さっとゆでて、塩を一つまみ入れ、すぐ水に晒《さら》した。眼もあやな、みどり美しいサヤエンドウである。

私は、小さなこともやっぱり自分ですべきであったと思ったが、そのとき、不意に、お料理ならなんでもやります、友達にも教えていますと言った、ウラの女のひとの腕なるものが、無性におかしくなった。……それでも現在では、赤カブをうさぎの耳のように切ったりすれば、料理を知っていることになり、ひとも感心して習うのかもしれない。私は、すっかり残ってしまったサラダのデコデコしたおかざり料理を、さびしく捨てた。

私は、いわゆる料理の稽古はしたことがない。一種の習慣と、自分の舌だけが頼りであるから、あちらこちらの料理を頂いて、いくらかその味が記憶に残っているものを、自分流に作るだけのことである。夏ならば、キュウリはすんなりしたものを皮のまま、塩水でよく洗い、らん切りにする。それを、氷を浮かせた水に放つ。その水に、適量の塩と、酢を少少入れる。それを、器ごと、つめたくつめたく冷やす。食膳に出すとき、氷片を浮かしておく。ただそれを、肉料理の間に食べるのだが、パリパリしてなんともいい味がする。

トマト、中位のをこれも洗ってよく冷やす。食卓に出すとき、皮をむき、中央に庖丁《ほうちょう》を入れ、そこに、晒し玉ネギ、パセリのきざんだものをマヨネーズで和えたものをかけて食べる。これだけのことだが、トマトさえよければ誰がやってもまちがいがない。

大徳寺納豆をきざんで、大根おろしで和える。また、あたたかい御飯に、大徳寺を五粒か七粒のせて、玉露をザブザブかけて食べる。この一膳の風味、夏の朝の暑さを払う。

……こんなこと、いずれも料理ではなくて、ただ食べ方にすぎないであろう。料理法を知らなくても、味を知ることの方が、料理の先決問題にも思うが、味というものは、全く好き好きであるから、結局、ひとはひと、自分は自分ということ以外に、確たる証拠があるわけではない。

私は時どき、知人の家庭で御馳走になることがある。どの家庭も、家にいい味をもっていて、それぞれにその家らしい特徴があり、招ばれて食事をするのは大変たのしみだが、私の知りあいのお宅では、みんなかざった料理がない。親切に心がこもった味を感じる。……やっぱり料理にもひとの心がうつるのは自然であり、母親の手料理が忘れられないと、いい年をした息子たちがよく言うのも、たべものの味のなかに、母の情あいを見るからであろう。

知人のお母さま、もう亡くなられたが、かきもちを実に丹念に焼かれた。普通のなまこ餅をうすく切ったものだが、香ばしく、芯までさくさくと狐いろに焼いたのを、うすおしたじをつけてあぶったものらしく、私は、おかきを出されるとき、いつも、光った美しい陶片のような一つ一つに見恍れた。恐らく、気永に、炭火で焼かれるのであろうその人柄まで、そっくりそこに出て来る。私など、まだとても、おかきを上手に焼くことが出来ない。

私の母で思い出すのは、夏の暑い日に、汗をかきながら、おむすびを焼いていた姿である。恐らく御飯が残って、糊にするのも勿体《もったい》なくて、結んで焼いておけば、誰かが食べるだろうという気であろうか。……台所でいい匂いがするのを嗅ぎつけていって見ると、母が黙って火の前で、おむすびをかえしている。おしたじをつけて、更にあぶるので、うまそうな匂いがするばかりでなく、食べると、外側がかりかりして、中が熱くからっとして、一つや二つ、すぐ食べられる。——しかし今の私は、御飯が残ったからとて、焼きむすびにして食べようという気は起らない。

ただ、昔たべた焼きおむすびの味だけを、なつかしく思っている。

犬と私

ひとには、犬好き、猫好き、という型があるらしい。私はこのラフな分類に従えば、完全な犬型である。

自分で記憶している犬は、小学生の頃うちにいたメリイというテリヤで、いつも庭のまんなかか、玄関の前に、まるでビクタアのマークの犬のように、行儀よく坐っていて、私たちが学校から帰ると、飛んで来てじゃれつく。私たちも、どこから帰ってきても、すぐ家の者に、メリイは？　と姿がみえなければきいたものだ。

特に可愛がってどうするというのでもないのに、メリイがいつも身辺にいなければ気がすまないのだった。

メリイが死んでから暫く犬を飼わなかった年月がある。家が焼失したり、生活が変ったりして、父母に、犬を飼うことを誰も言えずにいたのであろう。……この時代をのぞいては、私の身辺にはいつも犬がいた。

動物の命というものは、案外短いものである。

私の飼った犬で、一番の長生は、やはりテリヤのリリというめす犬で、十四歳何ヶ月まで生きた。ワイヤア種はわりに短命で、一匹は八歳六ヶ月、一匹は五歳八ヶ月でいずれも自然死をした。

犬の世界は、凡て私の家の中だけであった。私は、犬を放し飼いにしたことがない。広くもない庭の中よりほか、私の犬は世間を知らずに生きていた。

犬の世界を限定し、私の手の中でだけ飼育することが、犬にとってしあわせかどうか知らない。けれども、犬が世間を知ったところで、どうだと言うのだ。私は、まるで暴君のような自信をもって、犬を掌握して来た。

食事は、殆ど私たちと同じものを食べる習慣なので、巻毛のワイヤアは、紅茶を飲み、きゅうりやレタスのサラダを食べ、バターピーナツをポリポリ言って食べた。おそばも好きで、もりそばにミルクをかけてやると、つるつると食べた。リンゴ、バナナ、イチゴ、みんな好物であった。

私は犬をみていると、時どきかなしくなることがある。

犬は、サン・ルームの犬の椅子に乗って、じっと室内の私をみつめていたり、まるで玩具のように眠っていたりする。私が外出しようとすると、まだ出かけない先に私の外出を勘づいて、さみしそうな、つまらなそうな顔をする。電話が鳴ると、いっしょに吠え出す。

食物がたべたくないときは、お皿をみただけで横を向く、逃げる。嬉しいときは、気が狂ったようにはしゃぎまわる。

——そしてまた、或るときは、哲学者のように、じっとうるんだ眼で私を見つづける。

たしかに犬は可愛い。信ずるに足る動物である。

犬が病気をすると、私はたまらなく胸が痛む。或る犬は入院させて六日めに死んだが、その前日、犬の医者の病室へ見にいったとき、寝ていた犬は起き上って、ちゃんと坐って私をじっと見つめた。

まるでお別れをするようなかなしい眼つきをした。

あとできいたが、犬屋のおやじが言った。

「決して、犬を入院させてはいけませんよ、犬はさみしくって死ぬんですよ、決してなりません、さみしさで死んでしまいますよ……」

ほんとにそうかもしれない。

ワイヤア犬が死んだあと、二ケ月足らずで、私はまたまた犬を飼った。

こんどはエヤデルを欲しいと思ったので、東京の犬屋の手を通して、生後五十日のおす犬を手に入れた。これは国際登録の血統をもった純血種で、一、二度医者にかかっただけで、病気もなくすくすくと立派に育ち、一年三ケ月経った現在では、犬ばか流に言えば、スタイル、毛並、吠声、性質ともに美しく堂堂として、まことに愛すべき陽気な犬に育った。

私は今までも、成犬を飼ったことはなく、いずれも生後二ケ月、または眼も開かぬうちから育てているが、中途で死なせたことはない。特に、犬を抱いて寝るような可愛がり方はしたことがなく、どんなに可愛くても、犬は犬だとして育てて来た。

ただし、おす犬は、このエアデル犬がはじめてだが、やはり男犬というものは、力もちで精力的で、いたずらで感情が激しく、非常に手ごたえがあって面白い。立てば六尺近い体格で敏捷《びんしょう》に庭中をとびまわり、鉄の扉を三度も開けて出て来て、玄関の前で、掃除用のモップをハモニカのようにくわえて、振りまわしているのを、たずねて来た客が見て、びっくりして逃げ帰った。……用心には申し分がない。声はバスで、声量も重厚、たいへん、いい吠え方をする。

三ケ月歩行訓練をしたので、訓練士をやめても、私の左側にぴったりと寄り添い、パカパカとハイ・ステップで、私の歩調にあわせて歩く。

この犬にひき綱をひっぱられたら、とても大の男でも力及ばないであろう。

それから、自分からは決して子供のからかいに応じないが、相手が好意をもっている場合は、実に親密に、にこにこして近づいてゆく。

ほんとにこの犬は笑うことも出来るし、感情がゆたかで、友達づきあいが出来る。

四ケ月め位に、トリミングをして貰うが、理髪の手をかけたあとは、一段と男前があがり、いかにも動物的なりりしい力に満ちた姿で、庭を駈けまわっているのをみると、私まいっしょに駈け出したくなる。……どうも私の方が、犬に似てきたのかもしれない。

或る作家の日常性

マネージャア、秘書をもっている作家もおいでになるときくが、それだけのことをこなせるエネルギーに驚くとともに、花が咲いた、星がきれいなどと、そんなことにかまっていられないであろう日常生活を考えると、充分ではない或る貧しさの中で、春蘭《しゅんらん》の蕾を数えていたりする生活に、一種の贅沢を感じる。

私は全くの素手ですから、きりきり舞いにならぬ量の仕事より出来ない。仕事は一生けんめい、生活はどうでもいいとは思わない。食は飢えを満たすより、すこしよく、寒暑をしのぐだけより、すこしましな部屋で、仕事をしたい。

命をかけてやった仕事というたとえを、ひとも言い、それを最上のことのように思う風もある。だいたい作家のどなたでも、遊び半分にやっているはずはない。立派な定職をもっていても、作家としての仕事と抵触はしないだけの力量があってのことである。

けれども、そんなに命を賭けていたら、命がいくつあっても足りない。ばか正直に言えば、私は、俗人として命を大事にして、仕事をしたいと思うようになった。病気は、なるべく御免こうむりたい。
命がけだと言っても、血相変えてする仕事が、いつも必ずいいとはかぎらない。細ぼそでも、ひとの心にとどまるようなものが一つでも出来たらと、そういう思いで、性こりもなく原稿用紙に向うわけで、何時から何時までという宮仕えとは違った、自分仕えの日常の中で、ふっと、夕茜《あかね》の雲が、海の向うに消え去るのを見て、茫茫《ぼうぼう》たる歳月が、すでに消えていることに気づく。

（「作家の日常」より）

食べる・仕事・睡眠

食事と睡眠は、私の生活の基本です。仕事をする上でも、重要なエネルギーです。寝食を忘れて、仕事に没頭するということは、たしかにありますが、これは、形容詞であって、実際には、寝食は、必然的なものだと思います。

私は、現在では家族がいないので、食事は、凡て自分本位で、食べたいものを、おいしく食べられるように工夫する以外には、家族の好みを考えずにいられる。ひとりで食事をしておいしいか、とよく尋ねられます。おいしいのです。

それは、嫌いなものは食べない、まずいものは食べないという主義で、きわめて自由に食べるからではないでしょうか。

けれども、食事をおいしく食べるには、健康が第一で、どのような美味も、不健康では楽しむことが出来ない。と言って、私はべつに、健康法も実行していない無頓着さですが、食事が不規則でないこと、仕事の合い間の一種の転換法として、自分で料理をすること、従って、悠悠閑閑、見栄も体裁もなく、気らくに作って、ゆっくり食べる、——これが、ひとりでも、おいしく食べられますと言えるもとでしょうか。大勢で食べる食べ方と、ひとりで食べる食べ方と、違うところはないと思いますが、ひとりの食事は、絶対に、ごま化せない、自分の舌を、ごま化せないということです。

私の仕事は、筋肉労働ではなく、頭脳労働の一種で、言わば、座職。体はあまり使わず、運動は不足、食事の条件としてはもっとも悪いのです、しかし、何故か、空腹になります。

夜おそくまで仕事をして、ぐっすり寝ると、朝、おなかが空くのです。ベッドの中で、今日は何を食べようかと、大体、食べたいものを考え、朝は、みそ汁に御飯、トーストにいり玉子、などと定めていないのです。

朝から、天ぷらを少し揚げたり、肉のつけ焼をしたり、全くきまってないのです。毎日天ぷらをするわけではなく、その時に、食べたいものを作るということ、それには、材料が保存されていなければ出来ない、従って、いい材料をみつけた時は、肉でも一キロ位買って、三等分にして、それぞれの方法で保存します。

肉は、脂肪のない仔牛、鶏肉、豚は、ベーコンが主です。ベーコンも、ブロックで買い、適当に冷凍します。野菜も、保《も》つものは沢山買って、冷蔵するものと、地下のあげ板の中に保存するものとわけて、毎日新しいものを使う場合は、散歩ながら、少量ずつ、買いに出かけます。

使いたい、食べたいものが揃っていないと、私の場合、毎日の手伝いはいないので、都合のよい時に買いおいて、保存をよくして、いつでも使えるようにすることが、手軽く、料理をする気になるということです。

冷凍庫専用のものと、冷凍冷蔵庫も、ひとり用にしては大型です。それは、仕事の合い間に台所に立つ場合、すぐ、用が足りるための方法であって、毎日、買物に出かけられる家庭とは、事情が違うためです。

あげ板は、床下が六尺もあるので、三尺位の所に板を張り、周囲を二畳分位囲って、野菜その他、なんでも入れます。あげ板を、夜は、二枚位開けておくと、地下から冷たい風が通って、大型冷蔵庫から出る熱気を、自然に消滅させるので、夏でも、台所がひやっとして、食糧の保存には、まことに具合がよく、買物も、まとめて出来ます。

大体、このようなことが基礎になって、私の毎日の食事は、三度三度、簡単に出来ます。むりに食べることはないが、空腹を覚えて食べる分には、なんでも好きなものを食べる。あれはいけない、これはふとる、などと、むずかしいことは言わず、カロリーもわからず、ビタミンがどうのこうのでもない、本当に、専門家がきいたら呆れるような、自由な方法で、食べております。

老人食、この名称も、私は好きではありません。ちびちびと、鳥のすり餌《え》のような料理も、箸休めにはいいでしょうが、私は、一人前などという料理はしないのです。

シチュウも五人前位、おでんなども五人前、カレーも五人前、押しずしも五人前、あなごを煮るのも五人前、凡て、多いのですが、これは沢山作る方がおいしいのと、二度位食べて、あとは冷凍して、食べたい時に、使います。押しずしなどは、仕事中、朝作って、押したまま冷蔵して、一日中、おつゆと漬けものと、押しずしで済ませることもあります。好きなものは、飽きずに食べられるのと、仕事中、お茶漬などでは、私は、へなへなになるので、たっぷりしたものを作りおいて、適当に合わせて食べます。

毎日が日曜日のように、時間にしばられることはないのですが、仕事中は、自分で自分をしばっても、やるだけのことはやらなければならない、食べるだけのものは、きっちり食べなければならない、——たしかに、食べすぎるかなと、自分で思うこともあるのですが、その程度の注意だけで、老人用にいいと言われる、海草とか、菜食とか、お豆腐なども、稀に食べるでしょうか。売っている佃煮もきらい、その季節のものを、少し辛めに作りおきしますが、こういうものは、ほんの添えもので、主菜は、手羽の丸焼、仔牛の煮込み、天ぷら、野菜、がんもどき、さつまあげ、はんぺんなどのおでん、あなごは、甘辛く煮つけて、保存し、いろいろの料理に使います。

べつに、変った料理もせず、同じようなものを食べているわけですが、その時の気温、天候などによって、多少変える程度、同じ食べるならば、自分の好みに適《かな》ったもの、ということで、無駄なく食べられれば、材料が高くても、決して贅沢にはならない。

安くても、まずいものを食べ残すよりも、ずっと気持がよいので、よい魚をみつけた時は、一尾買って、刺身でたんのうし、あとは煮つけて、次の日位までに食べ切る。残りものは捨てる。私は、冷凍も、三ケ月位まで、冷蔵は、三、四日のつもりで使用しています。これも、判然とした根拠はなく、凡て、自分の勘です。

食事と健康とは、非常に密接な関係がある、食べものは、おいしく、気に入ったものを食べるのが、消化吸収にもよいだろうと、漫然と思っております。

室内の花たち

特別の手入れをしてもいないが、植物も生きものなので、自分と同じように気をつけている。

冬は、日光室へ鉢ものを入れる。居間の前面が、天井の高いガラス屋根、まわりも全部ガラスのサンルームである。約、十四畳ほどの広さの一室なので、これを全部あたためるのは、完全には出来ない。晴天の昼間は、風が通らないので、非常に暖かく、鉢ものには、十分水をやる。

冬は、この中に、ビニールの温室まがいのものを吊り、夜は、百ワットの発熱燈をつける。十分、それで春早く花を持つ。

冬期、その中に入れるのは大きなハイビスカスの鉢、ちらちら小さな花が、寒中も咲く。木立ベゴニヤ。ピーターソン。ブーゲンビリヤ。トケイ草。月下美人。野牡丹《のぼたん》。しのぶ類。

シンビジウム十五鉢。アフリカホーセン花。ハートかずら。メキシコのベゴニヤ類。デンドロビウム。花キリン。ベンケイ草変種。名前は忘れたが、三尺も青葉のたれる、白い花。こまごました草ものなど、ぎゅうぎゅうづめになっている。

昼は、ビニールを開け、夕方しめてから点燈する。ほとんど、五年も十年ももっている。ハイビスカスは、四十年にもなる。

日光室の中には、アロエが幾鉢もあり、花をつける。レックスベゴニヤも、吊したままで、春は、一面に花が立つ。アスパラガスの大鉢も、寒中も新芽立ち、蔓《つたかずら》は、夏になると、ガラスを覆う。秋、全部切るのだが、現在でも六尺の蔓が密生して、レースのような葉が美しい。

大タニワタリは、夜は、部屋の中に入れる。これも五年になる。アジアンタムの大株、シクラメンの大鉢三つは、窓ぎわの部屋、ポインセチアの大鉢も、同じ場所で、暮からずっと、赤赤と繁っている。

春蘭も幾鉢か、部屋に入れたものは、苗が、五つも、七つも、一鉢に出ている。庭植の幾株かは、やっと、蕾らしい形がのぞいている程度。

黄えびねは、五株とも、大きな花芽が立っている。千両万両は、いずれも、一面に実をつけるが、南天は、大株の中に、ぼつぼつ実が残るだけで、花は多量に咲くが、雨期に、落ちてしまうようである。

飲めます。

玉露の茶の木が十本、この花も品がよく、葉摘みをして、自分用に、手製で、ちょっと

る。

クリスマスローズも、花が沢山出て来た。すみれもいろいろ、もうちらちらと咲いてい

しかし、いかり草、てっせんなど、庭のつめたい場所で、芽を出している。

しかし、なんと言っても、日光室は、実用的で、この部屋の中で、植替え、水やり、剪《せん》

定《てい》等はらくに出来る。元来は、私の体のために初めから、家と同じに作ったものなのだが、

今では、作業場として、鉢ものの避寒場として、たまには、洗濯ものを吊したり、運動と

いうほどのことではないが、自転車乗りを十分位してみたりと、雑然たることである。

室内の鉢ものの管理は、十日に一度ほどは、玄関や、北側においてある歯朶《しだ》類、セネカ

などの大鉢も、水を葉の上からたっぷりかけるため、一日、日光室におく。

玉しだ、ボストンファン、アジアンタムなどは、ほとんど低温のままだが、風に当てな

いので、みずみずしい。

部屋の暖房は、花もちをわるくする。電気は乾燥しすぎるし、ガスは、空気をよごすし、

長時間の必要の場合は、暖房のない南面に出してしまう。とにかく、手がかかるが、手当

てをしてやれば、植物は、必ずそれにこたえる。したがって、私が弱っているときは、手

伝いでは不十分なので、植物も弱る。

冬は、水やりと少量の肥料。土は、腐葉土と、バアミキュライトを補ってやる。

さて困るのは、夏の日光室である。

ガラス屋根は作りつけなので、下にカーテンをしてみたが、一向に光熱をさえぎらない。勿論《もちろん》、全部、まわりは網戸にし、大きな換気扇を屋根近くにつけてまわすが、やはり、熱は、あまり逃げない。

ガラス屋根の下のタイルは焼けるし、撒水しても、すぐ乾く。それで、植物は、全部、外へ出し、庭すみは、一杯になる。このビニールの囲いのとり外しが、秋と、春と、ひと仕事で、親方を頼む。

鉢ものは、五月頃まで花が楽しめるので、日光室におき、それから外へ出して、雨風、太陽にさらして、肥料もやり、秋、十月末には、再び日光室へ入れる。十二月はじめには、また、ビニール温室もどきの用意をする。私は、全部、自分の体の感じで、その時をきめるのである。

自分が暑ければ、鉢は外へ出す。寒ければ、暖かくしてやる。この仕事が済むと、やれやれ、もう寒くないであろうと安心するというわけで、時には、からかわれる。

「植物の方が、人間より大事にされているみたいだ」

「そうなんですよ、言えないものには、人間がそれを察してやらなければ……私なら、我慢するけれど、彼らは、そうじゃあないから」

するだけのことをしても、弱るものは弱るのである。その時には、また、新しいのを手に入れる。それが可能である。
そこが、人間と、植物の違うところである。

中里恒子 II 旧友たち

横顔

横光さんはやさしい人であったが、仲なか気骨があって、気に要らぬことには、はっきり気に要らぬ顔つきをしたひとである。

皮肉というほどのことでもないが、おもしろくないことには、むっとして押し通した。それでも、決して冷酷なところのないひとで、若い文学青年などにも、駄目なことは駄目と突き放していながら、他処眼《よそめ》にも、それが少しも厭《いや》な感じがしなかった。逆に、横光さんの方に、同情したい場合が多かった。

そしてまた、ひとの気持をよく尊重し、なにかいいことを発見して、叱りながらも、美点をみとめるに寛大なひとだったと思う。

私がはじめて、横光さんのお宅へ伺ったのは、昭和六年だった。その以前にも、当時文藝春秋社の在った、大阪ビルのレインボーグリルで、あの長髪の、あまり顔いろのよくない和服姿を、時折お見かけしたことはある。

その時から、亡くなる時までの間、私は時折、おたずねしたのだが、いつも変らぬ気持の好い、純粋なひととして尊敬している。横光さんの文学の底を流れる人間的なものこそ、横光さんの自然な姿であろう。自然主義に抵抗した、人工的なスタイルを築いたが、晩年には、また自然に還りつつあるように思った。

横光さんは、時折御馳走して下さったが、それもきわめて遠慮ぶかく、差支えなかったらとか、お家へ電話をして下さいとか、まるで私が、自由意志をもたないように気をつけて下さるのが癖であった。そんなとき、たいてい誰か、居あわせたひとも一緒に誘った。

或るときに、名前は忘れてしまったが若い青年に、「君、どこかで足袋を買いなさい……」と言って、車を下りてから、ゆきつけの浜むらへ行く間、ちょっと銀座裏を歩きながら、いきなり仰言《おつしや》った。かまわないようでいて、やはり、そういうことにも、仲なか敏感な性質であった。たしかに、料理屋へあがるには、その青年の足袋はよごれすぎていたが、本人に向って、すぐ改善出来る処置を与えたところに、横光さんの親切があろう。

もちろん、足袋なんかどうでもいいとしても、その青年だけが、破れた足袋で、料理屋の座敷へ通るのは、いくら無邪気でも、多少、足もとが気になるであろう。横光さんは、それを未然に防いだわけである。

それから外遊前だったか、あとだったか、ちょっと確かでないが、横光さんと川端さん御夫婦と、創元社の小林さんと、佐野繁次郎さんとで、柳橋の、なんとか言う家へ御飯を食べにいった。横光さんは、笑談そうに、「今日は、芸者らしい芸者をお見せしましょう、老妓だそうですよ――」と言われた。私も、これは洒落たことになったと思った。そしてそこで、いわゆる老妓を見、半玉の踊りも見物したが、別に、期待したような洒落たことはなかった。横光さんにしても、川端さんにしても、もの馴れた芸者たちと、気軽に応酬の出来るひと柄でないのが、私には却《かえ》って面白かった。たぶん芸者も、粋人《すいじん》ぶったお客よりこの夜のお客に新鮮さを感じたろうと思う。

そこを出て、こんどは、私たちだけになり、と言うのは、横光さんと、川端さん御夫婦との四人になって、ぶらぶらと、その粋な町を歩いたのである。私は、それがどこなのか、そのときだけで、あとは、まるっきり記憶にない。私には、どうも地理的観念がないらしい。そしてまた、その後私たちは、あの夜はどうだった、などと、一度も思い出話をしあったことがなく、いまだに私は、その料亭の名も、ぶらぶら歩いた場所も不明のまま、まぼろしのように思い出される。ただ歩いているうちに、横光さんが一軒の店へつかつかはいって、「この店の帯締はいいですよ、」と言ったかと思うと、忽《たちま》ち、古代むらさきの帯締を買われた。奥さんへのお土産である。私は、たいそう渋い好みだと思いながら、その帯締の色だけが、いまでも眼の裏にうつる。……

そしてたぶん、横光夫人は、その帯締を、その晩お貰いになったろうと思う。特に横光さんが、奥さんへの土産と言われたわけではないが、私は、それ以外の横光さんを知らないのである。

佐多さんとのつながり

佐多さんとは、ずいぶん昔からつながりがある。女学校を出た春、私の処女作は、当時の新人だった窪川稲子さんと、同じ文芸雑誌に発表された。『火の鳥』の編集でも、佐多さんは話題にのぼり、私も佐多さんの作風が好きであった。お眼にかかったのはずっとあとである。……きりっとした美しいひとという第一印象は、現在も変らない。

戦争中、私たちも軍報道部から、ジャワへ派遣されることになり、私は佐多さんといっしょにジャワ行きを承諾した。国内でも遠い旅へ出たことのなかった私は、全く恐《こ》わ恐《ご》わであったが、佐多さんといっしょなら、とそのことだけを頼りに、軍の人選をきいた。

どういうわけか、パジャマを持ってゆこうという話になり、昭和十八年の頃のことで、おいそれとパジャマなどそこいらに売っていなかった。私が、帝国ホテルの売店にあったような気がすると言うと、佐多さんは、すぐ買いに行きましょうというので、私たちはホテルへ行った。そして絹のパジャマを買った。多分、木綿のがなかったのであろう。

ところが臆病な私は、佐多さんといろいろ話をしたり、当時の情報をきいたりして、次第にジャワへ軍属として行くのが恐ろしくなり、そのことを佐多さんに相談した。すると佐多さんは、やめることは恐らく大変でしょう、でもやめられれば、貴女は行かない方がいいと思うと言われた。……臆病者に似合わず、私は、いやだと思うことは厭だと言わずにはいられない質《たち》で、とうとう、報道部長のなんとか大佐に、行きたくないと申し出たのである。……あとで、ひとから、よく殺されなかったとおどかされたが、どうせ死ぬなら、厭なところへ行かないで死んだ方がいいと思った。……いい具合に熱が出たりして病臥《びょうが》してしまったので、医者の診断書を持って家族の者が出頭し、私はやっと解除された。それっきり、佐多さんとは会えなかった。

終戦後、何かの会で佐多さんと再会した時、佐多さんは、やっぱり行かない方がよかったわ、とただそう言って、現地の話などなさらなかった。……私は、ジャワへゆく為に買った二枚の絹のパジャマを、その時の記念に蔵《しま》っておいた。そして、佐多さんといっしょに行動しなかった恨みを、心の底にひそかに蓄えていたのだった。

戦後は、何かの集りでよくお眼にかかる。いつも感じのよい、あたたかいひととして、私はなんとなく心頼りに思っている。私のうぬぼれかもしれないけれど、主義主張は違うにしても、そんなことはお互いに気にならず、人間的に親しめるものがなにかあるように思う。

数年前、ささき・ふさ女史の法要の日に、佐多さんと、石川淳さんと、三好達治さんと私とで、鎌倉のお寺まいりのあと、鎌倉の中を散歩した。どういうわけで、こういう顔ぶれになったのか知らないけれど、大変たのしかった。——先日、或る宴会でも、佐多さんと、石川淳さんと、私とで暫く話しあい、やっぱりお互いにたのしかった。

そうそう……昨年の春である。女流作家ばかりで熱海へ一泊旅行をしたとき、その帰りに、佐多さんが、もう一日泊ろうかと言われたので、私は、それならば逗子へ来てお泊りなさい、私の家へいらっしゃいませんかと誘った。佐多さんは、すぐ、行きましょうと言った。そして、そのまま佐多さんは、うちへ寄った。

なにしろ前の晩、ろくろく寝ていないので、私は少し疲れていたが、佐多さんがうちへ泊って下さることは嬉しかった。けれども佐多さんは苦労人である。すぐ私の様子を見ぬいて、又、今晩も話しこんで寝ないと、お互いにこたえるからと言われる。それで、私は、泊るだけはホテルへ泊って頂くことにして、すぐ逗子ホテルの部屋を頼んだ。佐多さんもその方が気らくだと言われ、いったんホテルへ行って、ひと休みしてから、夕食にうちへ来ることになった。

私も、夕方までベッドへ横になって元気をとり戻し、佐多さんと食事をともにした。ビールを飲み、食後にコワントローを出して、佐多さんと、十二時すぎまで話しこんだ。一身上の話も出た。私たちは、それぞれの身の上の変化や、子供のことを話しあった。「……

淋しいでしょう、あたしだって、淋しいもの……なんのわずらいもないということは、申し分ないんだけど、淋しいわね……」と言われたとき、ほんとに私は胸がいっぱいになった。

翌日、佐多さんは、ホテルをひきあげると、帰る前うちへ寄られた。

「ゆうべ、あたし酔って言ったんじゃありませんよ、ほんとにあなたのことを考えて言ったんですよ……」

私は、駅まで佐多さんを送っていった。お宅へ帰られると、佐多さんは、丁寧な手紙を下さって、その中にも、あの時言ったことは、みんな本気なのですから、元気をお出しなさい、というやさしい心添えが書かれていた。

佐多さんの仕事のことに、とうとう一言もふれずじまいになった。仕事のことは、今更私が言わでものことである。

生涯一片の山水

旅びと

川端康成氏のお宅へ伺うようになったのは、私が逗子へ移ってからである。昭和七年に病後の保養に、私は東京から逗子へ転居した。鎌倉浄明寺谷戸の、川端氏のお宅へはじめて伺ったのは、昭和九年か十年の春頃のように覚えている。

みみずくが座敷の中をばさばさ飛び、家人は昼寝をされて、犬だけが入浴中であったり、急に自動車を呼んでその辺へ出かけたり、異様な生活の雰囲気をもっていられた。私の極く極く平凡な生活様式にくらべて、その感情本位にさえみえる氏の様式は、どんなに若い私の耳目《じもく》をそばだたしめたことか。「伊豆の踊子」、「掌の小説」の親しさ、美しさ、特異さに酔った私は、川端夫妻の日常にも忽ち陶酔した。三日にあげず、恐れ気もなく、私は散歩しながら伺った。私は、家にいれば、養生第一のような生活環境にしいられて、食事は何時、入浴は何時、昼寝は何時などと全然おもしろくない毎日にあきあきしていたので、なんでも思うがままに暮していられる川端夫妻の、突然食事をしたり、つまり時間かまわずに、「おなかが空きましたね、なにか食べましょう、」などと、それもすぐぶらっとものを食べにいったりすることが、ただうまいものを食べるというそのことではなく、そう思ったこと、そう感じたことを大切にして、すぐその感情に従う生活のしかたが嬉しくて仕方がなかった。

お風呂にはいりたければ、時間かまわずはいる、出かけたければ、すぐにこれも、唐天竺《からてんじく》へでも出かけるであろうその自由さが、いかにも人間的で、はらはらする危険味があって、ほんとに生きてるひとのように感じられた。

蒲郡《がまごおり》の宿で、川端氏が仕事をされているとき、私もお誘いを受けて、あとから伺った。お宅でもそうであったけれど、旅先の宿へも、編集のひとが原稿とりにつめていらして、川端氏は、濃い頭髪に、櫛《くし》を横差しにした恰好で、ピラピラと二、三枚の原稿紙を手にされて、居間、つまり机のある部屋から出ていらっしゃる。そして、それをお渡しになる。それから元気になられて、さあなにかしましょうという生き生きした顔つきをされるのだ。

蒲郡の宿で、雨降りの一日、ホテルの中にあるらく焼のかまへ行って、そこにあるだけの皿や瓶や茶碗を焼いてあそんだ。何枚か大皿や小皿に字をお書きになったが、焼きあがると、これはまずい、これは気にいらない、という調子で、川端氏は片端から皿小鉢を、割っておしまいになる。私は、その中からようやく、大皿一枚と、一輪挿しを一つ頂いた。赤肌のやわらかい生地に、ブルーの絵具で、いっぱいに字をお書きになった、美しい、滲《にじ》んだような陶器である。

瓶には、「生涯一片山水」と書かれ、大皿には、「老樹の幹と根方を眺めて居た忘我の境に遊べた虚しい寂びの心では無かつた大樹と大地との生命は通つて居た人間の書いた歴史よりも其は遥かに堅固で強烈な物であつた樹に対して人生の短い事を思ひ自分を尊ぶ心が高まつた　康成」

丸い皿なりに、この文章がぎっちりと、句読点なしに書かれてあり、模様の如く美しい力がある。この文章は、小説の中の描写であろう、そばで拝見していたときも、原稿をお書きになるときのような鋭い表情であった。

それから或る日、名古屋の松下という古着屋へ、古着屋と言っても蔵構えの大層な家であったが、そこへ古い衣裳を見にいった。私たちは土蔵のなかへはいって、くらい、沈んだ昔の織物や染物を見た。それは袴《はかま》であったり、帯であったり、袋ものであったり、少し気味のわるいような重くるしさを持っていた。川端氏はなにをお求めになったかはっきり覚えていないけれど、古い縞博多の丸帯の一本を、川端夫人と私とで、半分にわけて、私はそれを腹合せ帯に仕立てなおさせたが、そういう、なんでもない買物を御一緒にしても、凡《すべ》て感覚本位のようにお見受けした。ひと眼で、

「ああ、これはいけませんね……」

それで、あとは見むきもされない。軽井沢で別荘をお買いになるときも、ぶらっと出かけられて、

「家を買ってきました……」と、まるで切符を買ってきたときのように、当然としていらっしゃった。迷ったりなさらないのかと、私は不思議な思いに打たれて、或るとき、

「いっぺんで、おきめになるのでございますか、なにか欲しいとお思いになったら、そのために、お迷いになったりなさらないのですか……」

とつまらぬ占いみたいなことを、おたずねしたことがある。

「そんなことはないですよ、今、茶碗を買おうか、よそうか、迷ってます、」と仰言った。

それは、氏がいろいろ名品を、お手もとへおかれるようになってからのことであったが、何回も御覧になり、結局、氏の眼識に耐え得たものだけが、身辺にとどまるのではなかろうかと想像される。

それでは、身辺ことごとく趣味主張で満ち満ちているのかと思えば、そうではない。どうでもいいようにさえ見えるほど、無雑作無頓着な一面があって、美醜渾然とした人間味やユーモアがあって、私は氏の哀愁をそこに見る心地がする。人間の弱さを、平然とむき出しにされた強さ、川端氏の強さは、じかの強さそのものではなく、弱さでも寂しさでも、虚しさでも、そういう人間性を無惨にむき出しにしていられる強さである。眼を蔽《おお》ったり

しない、隠し包んだりしない、強烈なものがある。……

私は、「伊豆の踊子」の終りで、主人公が泣いている描写を、時どき思い出す。

「『何か御不幸でもおありになったのですか。』

『いいえ、今人に別れて来たんです。』

私は非常に素直に言った。泣いているのを見られても平気だった。私は何も考えていなかった。ただ清々《すがすが》しい満足の中に静かに眠っているようだった。」

この主人公の気質は、川端氏の日常生活のなかに、自然に解放されているが、それでも旅びとという郷愁は、常にいまでも氏の身辺に漂っている。

生涯一片の山水

あの夜、川端さんが自殺されたというニュースでしたが、逗子のマンションで――という電話を知人から受けたとき、私はびっくり仰天した。

逗子とはまた……地元である私は、そのことにも驚愕して、飛び起きた。あいにくその夜は、テレビもラジオもつけず、九時半頃に珍しくベッドに入って、本を見ていたので、全く寝耳に水。

どういうことなのかわからない。昨年のお正月、御新居をおたずねして以来、お眼にかかっていない。机の前に坐って、暫く考えた。……発作的のことか、何も彼も面倒になってしまわれたか、どうしたことであろう。

これは、川端さんの個人的な内面の問題であって、はたの者にわかろう筈のないことに気づいた。だから、もう仕様がないと思った。死者をして静かに眠らしめよ——わずかこの半年足らずの間に、私は、一期《いちご》の人びと三人を喪《うしな》った。無常ということを沁《し》み沁《じ》み感じる。

五月には、久しぶりで出る本を持って伺うつもりでいた。間に合わなかった。本のことはどうでもとしても、ニュースで知った瓦斯《ガス》自殺ということ、あの海辺の風の吹きつける場所ということ、もっとも屋内は、私は知らないが、時折、そばを通る度に、いつも強い風が吹き曝《さら》しているので、なにか、みんな意外で、その意外なことに涙が出る。

私が初めて川端氏にお眼にかかったのは、昭和九年か、十年か、さだかでないが、それから亡くなられるまでの月日を数えてみると、三十六、七年にもなり、半生にわたるというのも大仰だが、あたたかいおつきあいを頂いた。

文学上でも、未熟な私の仕事を、最初にみとめて下さったのも、横光氏とともに、川端氏であり、過ぎてしまえば月日は夢のようだと言うが、私は夢だとは思わない。みんな本当であったと思う。それ故に、川端氏の死には、言いようのない悲愁を覚える。

川端さんの文学は、私にとって愛読することから始まった。伊豆の踊子以前の、掌の小説もの、感情装飾など、女学生の時読んだ。踊子以来のリリシズムは、日雀《ひがら》、燕の童女、水晶幻想、化粧と口笛、抒情歌、イタリアの歌、花のワルツなど、思い出すだけでも、感覚的だが、しかし、禽獣《きんじゆう》、末期《まつご》の眼、虹、名人、などの頃の、一種人工的なこれらの抒情美の世界の、鋭利さ、異様さには眼を見張った。非論理的な感性の魅力とでも言おうか。言わば、無計画、無計算な方法で建築していって、或るところで、それがぴたっと、適合するというような、計算の合い方は不思議だ。

長篇と称される作品も、ぱらぱらぱらぱら、あちらこちらに部分、ディテールを描いているうちに、或る時、それをつなげると、ずうっと絵巻もののように続いた物語になるという風にみえた。初めから、こうであるから、こうなるという式の段取りに従って始まる、というのではない。……いきなり始まり、ひょいとはいってゆくという身の軽さを、感覚的に表現する危険と自由を愛された。

朝日に舞姫を書いておられた頃、ぶらっと伺うと、よく、沢野さんが原稿を待って、じっと坐っている姿をおみかけした。やがて川端さんが、けろっとしたお顔で書斎から出ていらして原稿をわたされる。それから、ぶらぶら御一緒に散歩に出たこともあった。仲なか、書き溜めが出来ず、「その日暮しですよ、」と言われた。私は、「その日暮し」というのは、本当の生活のことではなく、こういう仕事の上のぎりぎりのことなのだと、妙に実感をもって聞いた。

戦争中、二階堂のお宅へ伺うと、川端さんが、むらさき色のやかんの柄《え》を直していらしたので、面白がって傍で見物したことがある。むらさき色のどこにでもある瀬戸引のやかんと川端さんは、やはり、私には異様であった。もっとも当時は、煙草をうちで巻いたり、哀れな道具で米をついたり、折れた傘の骨を直したり、ひとは頼めない情勢であった。川端さんは、そうなればそうなったで、やかんの修繕も御自分でなさろうという、果して、本当に直せたかどうかは別にして、そういう、その時の情況にすっとはいってゆかれる方でもあった。

近くの谷戸の田の畔《あぜ》で、小さな芹《せり》を摘んだり、土筆《つくし》をとり、川端さんも奥さんも一緒に土筆の袴を丹念にとって、土筆がいかにうまいかということに夢中になった、戦争はどこにあるのかとさえ思ったほどの、のどけさ。

散歩に出て、八幡さまの茶店に腰かけて、おでんを食べ、まずい茶を飲んだ、ああいう気らくさ。軽井沢の藤屋という宿におられた頃も、まるで半巾でも買いにゆくように、「どうです、別荘を買いにゆきましょうか」と、その頃、敵産管理ということで、大蔵省だったであろうか、外国人所有の別荘が競売になっていた、それを見にいったわけである。そして、本当に、川端さんは、さっとお買いになった。こういうことも、きわめて感覚的であった。

当時も、骨董店などで小さな買物を楽しまれていたが、戦後、重美に指定された蕪村*の十便十宜《じゅうべんじゅうぎ》なども、極く気軽に、嬉しそうに見せて下さったことを思い出す。全く、いろいろ思い出は、あとさきなく、きらきらと映るが、恐らく、これは私だけのことではない。ほかの人びとには、またその人だけのきらめきを川端さんは残されたと思う。そういう、それぞれのきらめきを、ずうっとつなげて見ると、そこに、川端さんが実在するかもしれない。

自ら死を選ばれたことにも、無計画な、或る瞬間の、無意識な誘惑というものが、多分にあったかと想像するが、私にはわからない。生前の、昔から持っていたあの無雑作、それが、死へも無雑作に近づけた仇《あだ》かとも思う。

川端さんが、山あいの小径で芹を摘んだ頃のように、静かに、一市井の人として、気らくに老後を送られてもかまわなかったのに、もはや、そういう自由を失われてしまったかと思う半面、しかし安楽に余生を楽しむだけで、川端さんに充足した日日が得られたかどうかも疑わしい。

あれだけ愛好した美の世界も、川端さんを引き止め得なかったし、登りつめた坂の向うには、何があったであろうか。……なんにもなかったかもしれない。たとえ、至上の幸福があっても、それ以上の死に惹かれたかもしれない。むなしさをよく知った人、よく見た人、そう思うよりほかはない。

ただ、瓦斯管《ガスかん》のホースが短くて、大変、無理な状態で、というのは、今更、亡くなる前に、長いホースにつけ代えて、ベッドの上で死なれたところで、死は死であるが、ホースが短い為に、風呂場の床に、扉も閉まらぬ状態で、死んでおられたときいた時、私は、無惨だと感じた。

死の方法に、美意識もなにもないと思うけれど……あの川端さんの長い間の美への郷愁は、遂に、こういうことに続いてしまったのかと、夢幻無惨に感じる。

このことだけで、涙が出る。

これからも私は、時折は、いつも荒涼たる風の吹いている海へ突き出た建物のそばを通るであろう。……

居間に、川端さんが書いて下さった、枕草紙抜き書きの茶掛をかけて眺めていると、これが、川端さんの本当の姿かと思うのだ。ノーベル賞も、選挙も、何とか会準備も、一切かかわりない姿である。

「五六月頃の夕方青き草を細う美しく
切りて赤衣着たる小稚児《こちご》の小さき
笠を着て左右にいと多く持ちて
行くこそすゝろにをかしけれ
枕草紙より　康成書」

平仮名のところは、万葉仮名と言うのであろうか、非常に装飾的な細字である。

ほかにも、興がのられて書いて下さったものの中で、机辺に置いているのは、

「生涯一片山水」　三河蒲郡にて　康成

と書いて焼いた一輪挿しである。これは、道元の句と言われたが、私は、この一句は、川端氏の生涯を語っていると思う。

＊六九ページ。「十便十宜帖」は与謝蕪村、池大雅の合作。（編集部注）

吉屋信子さんを悼む

吉屋さんは私が子供の頃に、「花物語」で、すでに少女たちの憧れを集めておられた大先輩である。お加減が悪いことを、人づてに伺ったのはこの春頃のことであった。文壇俳句の仲間として、最初から二十数年、折折に同席しているので、欠席が重なったことを気にしてご様子を尋ねたが、門馬さんはいつも静かに何気なさそうに返事をされた。私は門馬千代子さんという親身な人がそばに付いていることを、かねて、奥さん以上の理解者として羨んでいたので、ご病気のことも安心していた。俳句の会の帰りはいつも一緒に横須賀線に乗った。文壇句会では互選をして一等、五等などと賞品が出る。子供がご褒美を貰ったように、これは楽しいものであった。

たまたま二人が賞に入ったりすると、車内にすわるや吉屋さんは「あけてみましょうよ」と言い出す。そして、ばりばり包み紙を開いて賞品を見せ合う無邪気さ……。生涯独身で過し、独身の境地をもった人として、誰にも敬愛される人柄であった。

ひと頃長唄を習われ、伊十郎さんにつくことになったと喜んでおられたが、そんな話の折にも、今にうまくなったら、歌舞伎座でやりましょうよ、あなたの三味線で、私が歌って、などと冗談の楽しい人であった。

うちへ見えられた時、ひと眼で私の犬が気に入って、同じ犬を飼いたいと言われるので、つてを求めて豊中市から小犬を飛行機で運んだことがある。

他処の芝生は青く見えるように、私はうちの犬より吉屋さんの犬の方がいい犬だと言っていたのだが、どうした機《はず》みでか、この犬が庭から外へ出て自動車にひかれてしまったと吉屋さんは悲しんでいた。「私もう犬を飼わない。やっぱり不注意だった、」とくやんでいた。やさしい心の人であった。本当に惜しい人、在りし日のことなどいろいろ思い浮ぶ。

初出 「朝日新聞」夕刊 一九七三年七月十一日

堀辰雄さんの世界

堀辰雄さんは、現代の作家として、死後もまた幸福なひとのひとりかと思います。奇をてらわず、これでもかこれでもかと押しきらず、なにか、いつも穏やかな人柄として、その実、つよい人であったと思います。

若い時から病気がちの躰《からだ》で、最後まで、自分の思うがままの、思考・主題を貫いたばかりでなく、自分に適《かな》った仕事を選んでなさった。——俗にいう柄にないことはしないという信念をもって。

こんどは、こういうものを描きたいと思っている、その主人公はこんな風の女性である、場所はこういうところで、この道を通ってゆくと、ここに一本の樹があって、荒れた庭があって……という風に、綿密に、地図まで描いて、まるで小説の中の人物を、実在のひとのように話して下さったり、わたしは、こういう人間の、こういう心理を描くのだとはっきりいう、堀さんの熱心さに打たれました。

しかし、そんな寝ても覚めても、仕事仕事と、忙し気にしておられるのを見たことがありません。ただ、もう二ケ月も、どこへも出ず、部屋にこもって、主人公が思うように描ければいいのだがと、日日、仕事に向っている御様子を、羨ましいと思ったことはありました。

そういう意味では、堀さん独特の世界を作りあげることに没頭して、気に入ったものを作り出すために、大変苦闘なさったと推察するのですが、そんな苦しみの跡は一点も残さず、まるで、あるがままに描いたように、穏和な、哀切なものを描きあげて他の追随を許さなかったという、きびしさを、自ら課しています。

多くのひとに読まれる一つは、一種の甘さ、柔らかさ、あたたかさ、それが人の心を打つと言えますが、堀さんは、単に、甘いひとではありません。弱いひとでもありません。弱そうにみえて、実は、たいへんつよい、頑固なところのあるひとだったと、わたしは、今もそう思っております。

そしてこれは当然なことではなかったでしょうか。作家は、ただ甘いことが描けるからと言って、甘いひとではないということです。

作家がとりあげる主題には、往往にして、また別の作家も興味をもち、関心をもつことがあるのは当然です。そういう重複は、各作家にあって避けられない点もありますが、堀さんは、あくまで堀さんの観点で描かれた、他処見をしなかった、それが非常に、強味だったと思うのです。

なにかが流行すると、かならずその真似的なものが出て来る、一応真似は出来ても、どうしても真似られないものをもったひと、もの、そうであってはじめて、その作家の体温は、独自の雰囲気で独立するのではないでしょうか。

亡くなられたのは、五十歳だったのですから、決して若いとは言えないのですが、いつまでも、恐らく永遠に、青春の作家として、青春のいたみを歌い、青春の傷を大事にしたひととして、鋭敏フレッシュな印象は崩れないでしょう。

西欧的な文体と発想をもちながら、江戸っ子と言われるのをきらったひとですが、実は、純然たる江戸も下町の育ちで、その江戸趣味の名残が、西欧的な文体と、ぴったり合致しています。

粋ということと、モダンということとは、究極に於《お》いて同じことなのです。いい意味の江戸っ子的清潔、凝り性、それが、西欧的文体となり、発想となって、重厚さを加えたと思います。重いものが芯にあって、軽く、何気なく、という、堀さんの王朝ものの主題となり、人物となって、古いものの中に、新しい人間像を作りあげたのではないでしょうか。

堀さんは王朝時代の女の日記に、格別の愛着をもって、その日記の作者でもある女を主人公にした作品、更科《さらしな》日記を原文とする「姨捨《おばすて》」を書かれた頃、わたしは、淋しい生涯の女が、ただ一度なつかしく思った男と何年かして、偶然めぐりあったときも、ひと眼会ったばかりで、あわただしく殿上人につれられて去ってしまった男を、恋しく思いながら、ふっつりと諦めてしまうその心根のあわれさが、腑《ふ》におちなかった。

どうして、あとを追えなかったのであろうか、そんなに、長く心に秘めていたひとであったのに、ふたりは……

それでも、女は、それで、会えたことで満足して、別の男の妻になって、木深《こぶか》い、冷たい信濃の奥へ下っていってしまう。その気持が、何年かして読み返してみて、やっぱりこれが、堀辰雄の世界であり、更科日記の作者の思い深い生涯であったのだと、気づいたのでした。

夢みつつ、諦観《ていかん》をもって人生を受け入れようとする、素直な女の生き方に、今はわたしも没入出来るような思いさえするのは、年月のもたらす、人間の愛と感動でありましょうか。

しかし、こうなるまでには、長い思いがあり、思いをたち切って、それだけで幸福とする、しあわせとなるまでの生涯は、やはり、抑えて抑えての上でのつよさではないかと、ようやく納得出来るのです。

更科日記を得て、というより「姨捨」を得て、「かげろふの日記」に迫る女の煩悩は、堀さんの人生の一つの過程として、不幸な女をよくとらえ得たのではないでしょうか。堀さんの描くこれらの女たちは、弱弱しげに、はかな気に見えますが、そうではない、いずれもつよい精神の持主であって、孤独の日日のなかに、自分を生かしきった女たちでもあります。

わたしは、この頃、堀さんの作品を読み返してみることがあります。風景などは、全く、事実そのものを活き写していることに気づいて、そのために、昔は、なんとなくしらじらしかった物語ものに、むしろ、それらは、更科日記、かげろう日記そのもの以上に、堀さんの自家薬籠中のものになれているのがわかるからなのです。

河上徹太郎さん逝く

河上徹太郎さんとは、若い時から、私は、お仲間の端の端にいた。その頃、河上さんは、シェストフの「虚無よりの創造」などを訳しておられた。井伏鱒二さんが、「屋根の上のサワン」、小林秀雄さんが「テスト氏」など、年代は、多少記憶に誤りがあるかもしれぬが、今日《こんひ》出海《でみ》さん、大岡昇平さん、中山義秀さん、永井龍男さんなど、みんな横光さんのお仲間であったからである。

シェストフなど、私はわからないのに読んでいた。「自然と純粋」も読んだ。後年、「虚無よりの創造」も読んでいるわ、と河上さんに申したら、「お前さんも古いね、」とからかわれた。青山二郎さんの話も、よくきいた。小林秀雄さんの扇ケ谷《おうぎがやつ》のお宅へ、陶器の拝見にもいった。なんでも珍しく、おもしろかったのである。

その中で、河上さんは、無口で、なんとなくこわくて、然《しか》し、あたたかい感じのお人であったから、ずっと今まで、私は、端っこの仲間でいられたのであろう。

河上さんの音頭であったろうか、盆と暮に、そういうお仲間が、ぶらりと集って、辻留で一夕過すという会が出来た。初めは、賑やかで、堀辰雄さんも筑摩の古田さんも、吉田健一さんも、(亡くなられた方の名だけあげる。外《ほか》にもいらしたであろうか……)とにかく、だんだん仲間も淋しくなった。私の「此の世」の本が出た時、河上さんが、はじめて、私をつかまえ、「いつの間に、此の世なんて書くようになったんだ、お前さんも、あれはいいぞ、いいぞ、」と言って下さった。嬉しかった。

河上さんは、直接、なんとか言って下さることは、めったにない。奥さまとは、仲よしになっていて、御一緒に買物にいったり、芝居にいったり、私宅へも、石川淳さんの奥さまと、遊びに来て下さったことも、ままある。京都へ御一緒したこともあり、打ちわけた話をして、まあ一種の遊び相手にして頂いた。もちろん年長者として、私は敬い親しんで、おつきあいをしていた。

柿生《かきお》のお宅へも、伺っている。河上さんは、炉に、太い木の根っこを入れて、もてなして下さった。奥さまが、「河上も、ちゃんと御本は拝見してるのよ、だんだん眼がわるくなって、手も不自由になって、万年筆を結《ゆわ》えつけて書いているの……」

という電話を下さったのは、いつ頃であったろうか。「時雨《しぐれ》の記」のときには、よい批評をして下さった。私が、お電話をすると、

「はい河上です、」

と、いきなり出られたので、私は、奥さまから間接に、御礼を伝えて頂くつもりだったので、至極あわてた。……「大先生をおわずらわせしまして、申しわけありません、」とかたくなって言うと、

「あれは、よく思いきってしましたね、あなたも作家だ……」

「いいえ、どこまで、投入出来たかどうか、小説ですから、」

「はい、わかりました、小説です、」

「ありがとうございます、」

「いや、よく書けませんわたしは、あんな粋なものは、うまく言えなくて失礼しました、」

大変、丁寧な言い方をなさる、素面《しらふ》の時は。酔いがまわると、とたんに、お前さんになる。私は、どちらの河上さんも、河上さんそのものだと思っている。

河上さんと、奥さまの、ピアノの連弾を伺ったこともある。いい御夫婦だと思った。奥さまにそう言うと、「見合いをしたのよ、まるで、違っていたわ、結婚したら、」

「だって、千年万年つづいているというのは、いい御夫婦ですよ、大先生で、御安心で、申し分ないでしょう、」

「あるわよ、でも仕方がないのよ、」

うそばっかり。

河上夫妻は、信頼しあい、半分はおのろけ如きものを、私はきかされている。夫妻とも

に、知性のある、抑制のきいた方である。

河上さんが入院された、これは、盆暮会のお仲間からきいた。その前に、奥さまが倒れて、その時、河上さんが、立てなくなるほど、びっくりなさったと、きいている。河上さんが入院なさったのは、奥さまがよくなられてからのことで、まあよかった、と私は思ったが、河上さんは、奥さまの御病気のことも、どんなにか心配なさったことであろう。

吉田健一さんが亡くなられた時の失望は、河上さんに、こたえられたに違いない。私は、吉田さんのお悔みを、河上さんに申したくらいである。

こんなことがあった。或る会の帰り、銀座のバアへ行った。すると、途中で、河上さんは、「三好達治の会があるので、」と、先に帰られた。その時まちがって、私の包みも持って出られた。私は帰る段になって、私の風呂敷包みがないと、マダムに言った。マダムは心得て、河上さんのゆく先をたずねて、私の家へ伝えてくれた。

「まちがえて、おわたししたのです、こちらの責任ですから、お宅へも、お問い合せいたします、」

翌日、又、電話があって、ゆうべはお宅へ帰られない由《よし》、奥さまが、御連絡するということでございます、と言う。私は、とんだことになったと、困っていた。中味はたいしたものではないが、私の永年愛用している、ペッカリの手套もはいっている。

奥さまから連絡があった。そして、新橋の小川軒にいるから（その頃は、新橋にあった）、四時頃まで、吉田さんといるから、そこへいらっしゃい、時間までに来なければ、マスターにあずけておくと。

私は、のこのこそんなとこへ行って、河上吉田対私では、かなわないと思って、愛用の手套は諦めようと思ったが、四時すぎに、小川軒へ行った。

マスターが、ちょっと前、お帰りになりましたと、私の包みをわたしてくれた。奥さまのあとからのお話で、

「河上も、見なれない女ものの手套がはいっていたので、腑におちなかったって、酔ってたからなのよ、ごめんなさい」

私こそごめんなさい、手套ぐらいでさわぎたて……それもこれも、懐しい思い出になってしまった。

私も、お仲間の端の端にも、御同席出来なくなって、淋しい。心から深く悼み申し上げます。

中里恒子 Ⅲ　本と執筆

井戸の中にて

曾《か》つて私は、書きたいものが書けない息苦しさに押されつづけていた。楽しさということからみれば、それは春になって、ひとりでに蕾《つぼみ》が開くように、張りきった快さでもあったけれど、——悪い癖で、自分の好きな素材ばかりめがけてゆく為に、じきに、ずるずるとその中に溺れてしまうことである。

このぶんでいっては、到底苦しくて、或は大変たのしくて、私は穴埋めになってしまいそうな気がする。どこまでも冷淡に、よそみをせず書いてゆきたい。

気分とか、書けるまで待つとか、そのような美しさは、もう私を捕えなくなっている。

或日、女絵描さんの家で古賀春江画集をみていた。澄んだ色彩や、美しい気分がたっぷりしていて、絵のわからない私にも明るく心を打った。非常に現実的なものと、非常に超現実的なものの混合した絵は、色刷写真のようにどぎつく感じたが、楽しさはもてなく、何故こういうものを描くのだろうと思った。

引替えて、お伽風な少女や風景の絵は、大変ろまねすくで、愛読するビョルンソンや、ラゲルレフの物語の味に似てみえた。ゴッホや小出楢重《ならしげ》画集も次つぎひらき、見終った私は、しなびていた精神がびくびく盛り上って来るように感じた。――絵描さんは、もっと色いろ名高い人びとの画集をみせてくれそうになったけれど、私はこれだけで沢山だと云った。そして、ぼんやりと小さく暮している自分が、みすぼらしくてかなわなくなった。いい小説を読んだあとも同じで、自分の貧しさには手も足も出ない。おずおずと懐疑的になって、空白な中で、恐さだけが本当である。この気持を、或るとき、横光利一氏にお話した。

「――きたないものも、嫌いなことも、捨てないでみるんですよ、下手な小説を、僕あ却《かえ》ってよみましたね、何故まずいか考えてみますからね、」

私はその日から、少し宛《ずつ》、煮つまった気持から離れてゆくことが出来た。日常生活でも、私は母親の型に溺れていて、なんともかんともつまらない日や、むしゃむしゃしたとき、悲しさ、もの憂さの積った折にも、ぱっと払いのけるだけの意力もなく、男のひとのように酒でも飲んでやろうという気にはなれないし、遊ぶことも下手で、結局、私の領分内である、家庭の仕事に没頭して、至極合理的に、自分をはぐらかし、押殺してしまう癖がついていたが、そんな形も、実は嫌いなのに気づいた。

もっと作品の上に曳《ひ》きずり出せるだけ、自分の中の赤や白を沢山曳き出してみたい。独り合点で、ぼそぼそと堂堂めぐりばかりしていては、だんだん気持まで老いてしまいそうに思う。書かなくても、書く気持さえ老いなければいいと、曾つて思っていたけれど、仲なかそのようなものではなさそうである。

この小さな肉体の含む自然のままに、もっと野蛮に、原色の感じを失いたくないと思う。

手紙

手紙にはよくそのひとの影がうつる。表も裏も思いがけぬ腸《はらわた》まで、紙背ににじむ。

手紙は裸の性格をもっていて、その折折の心の痕を染め、鏡のように怒った顔は怒ったように、泣いた顔は泣いた通り、よさも悪さも、ずるさもまじめさも、あとあとまで心の形や癖をうつすことが出来るから尊い。

いい手紙を書くことは、時に小説よりむずかしく、わるい手紙を書くことも、仲なか心のいたむものである。

それになんとなく面と向って云いよどむような文句も、手紙の中では自然に生かし得る。

手紙を書くことも貰うことも、ともに私は好きだ。気にいった封筒や便箋を求めたときには、さあ使いたくて誰に書こうかとたのしくなる。出すあてがなくとも、書きたい文句を書いて、封筒の上書きまでして封をして蔵《しま》っておくことがままある。——久しく経ってまた書いたご本人が封を切ってみる。

こんなことをするのは寂しさからであろうか。決して退屈からではない。閑《ひま》だからでもない。忙しい中でも私はした時代がある。今でも、ひょっとしてすることがある。でも、よく考えると、無駄ではない。

便箋や封筒に凝って手紙をたのしむのは女だけのたのしみかと思ったら、男のかたでもそうらしいのである。こういうたのしみは、人間の誰でもがもっているふるさとのような感じでほのぼのとする。けれど、近頃はわざとこの感じの逆を好む傾き多く、わざわざ粗末な封筒なぞ平気で使って、どこそこのなんとか紙のなんとか刷りで、なぞと凝った風なことをおかしがる女のかたや男のかたがいる。つまり、そんなところに小さい神経を尖《とが》らすような神経と違った、もっと丈夫な太い神経をもっているというようなことが、嬉しいらしいのである。

別段、なんとか紙のなんとか仕立を使うのがいいとは思わないけれど、そういう気取りを羞しがることもないのである。お好みの向きは、一枚すきでも手漉《てこ》しでも、御紋付きでも御名前入りでも使ってわるくないと思う。好んで使う方が、そのひとの手紙らしい味を濃くし、また、全然そういうことに神経を使わず、そこにある紙へ手近かのペンで書く、というような磊落《らいらく》さも、またそれはそれで品のいいもので、どっちかと云えば、なにげない好みの中に自分を生かし手紙を生かす、ということの方が厭味《いやみ》がない。紙から筆から封筒から、切手のはりかたまでに気を配ったようなゆきとどいた手紙は、よっぽどの洒落人か恋人でもないと、貰ってもそれほどには買われぬものである。しょせん、思いつきや文句のよしあしでなく、心の真実が手紙を左右するからであろう。

或るとき、古い手紙の整理を思い立った。今までにも屢《しば》しば片づけては果せなかったのが尚《なお》わるく、手紙の束は方方の戸棚や手箱に分散している。——ひと思いにあっさり焼きすててしまえば難はないけれど、どんなやりとりをしただろうなんかと執着したらお終いである。

久しい間保存されてるような手紙は、往時の自分を嬉しがらせ、または悲しませ、または育てた手紙ばかりで、夫《それ》ぞれに魅力があって、むざむざと形をなくすことは出来難い。きれぎれの一篇の文字も、激しく往復した長い文字も、ひとしく今も、私のなかに蘇《よみがえ》ってくる。

中にはひとにみられては困る手紙もないことはない。これは別にわるい意味ではなく、自分にしても手紙書くときは、そのひとだけが読むという安心から、裸に書ける。それが、そのひと以外のひとも読むということになれば、だんだん純粋の手紙は書けなくなる。そういう意味で手紙を秘したいのである。

手紙というものがもっと開放的なものであったなら、つまり、公開を頭においての文句を綴るようになったら、貴重さはぐっと減りそうである。作る気持が働きそうでおもしろくない。なにごともそうであるけれど、ひとにみせる、ひとによませる、という気持が働いては、立派なそつのないものも生む代り、純な生地の美はかなり濁ってしまいそうだ。濁ってもうまい方がいい、ということになれば、それはまた解釈は別である。

どんなおさないまずい手紙にも、上手な手紙以上に心打つものの力あるのは、前述のように、書くひとの生な心情がひそむからであり、手紙の尊さはそこにあって、決して上手下手からくるものではない。

いい手紙を貰うれしさは、実にこのうれしさであり、いい手紙を書きたいたのしさも、ここから出発するのである。

それだからと云って、誰もみないそのひとだけへの手紙だからとばかり、それこそ文字通り公開をはばかるような文句や、わがままの多い手紙も少少下品である。——本当にむずかしい。

武者小路氏の編した「志賀直哉の手紙」という本をよんだとき、清純なあたたかさ、飾りのない品のよさ、そしてまた、文面を殺さずてきぱきと用件を片づけている気持よさ、まことに好い手紙だと思った。

よく近頃は模範文例集と称して、何何の手紙のお手本というような、徒《いたず》らにくどくどと化粧した手紙文が婦人雑誌のおまけなどにつくらしいけれど、凡《およ》そ興ざめなことである。

手紙の下手なひとがあれを真似て書いたら、下手以上に厭な手紙になること必定であろう。手紙にはそのひとの感じが出るからよいのであって、第一公式にただ似せては、てんで死んでしまうのである。

世間なみの手紙文の見本には精神がない、綺麗にならべてあるだけのことで、糸瓜《へちま》も南《かぼ》瓜《ちゃ》も同じである。武者小路氏の編んだ本は、手紙のお手本というのではさらさらないが、手紙はどんなふうに書いてもいいものだ、思ったことを思ったままに書けば手紙が生きる、そういうものを思わせる点で、模範文例集なぞより、もっと実生活に近いと思う。

私はどこからも手紙がこなくてつまらない日なぞ、古い好きな手紙をひろげたり、また、全集の最後の巻によく出ている書簡類などを、なんとなく読んでみる。

小説とちがって作らぬ生地の手紙だけに、そういうなかからは嘘いつわりのない感じが、まっすぐ感じられるのである。本当に、手紙は永く生きている。

作品以前

仕事にはいる前の作家の苦悶《くもん》というものは、誰しも共通であろうと思われる。そしてそれは当然のことなのであるから、私はその苦しさを楽しもうとさえしている。

私の場合、先《ま》ずずっと仕事にはいるなどということは稀有《けう》である。注意ぶかく用意周到であればあるほどじたばたして、終いにはとても困難で手がつけられそうにもなく考えられてくる。その間の憂鬱《ゆううつ》は限りないものであるけれど、そんな風にして、どうにもこうにももてあまして諦めかかる頃になって、やっとその仕事の雰囲気の中に、既に自分がはいっていることを発見したりするのである。

そうなればあとは根気と体力である。

しかし、その作品の世界から脱け出るまで、その状態がつづくものではない。絶えず仕事にはいる前の、あの苦しみを苦しがりながら進んでゆくのであって、その間に私は自分を捨てることと絶えず闘わなければならない。

しかも私には一気呵成《かせい》に仕事を片づけられる体力もおぼつかなく、健康状態を常にいいコンディションにおこうと思えば、仕事を中断することもやむを得ない。第一義的である故に、しかし、この為に仕事を第二義に解しているというのではない。私は仕事を慎しみたいのである。

さて、こんな状態をさんざん繰り返した挙句、ひょっとしたことで風邪をひきこんでしまった。すぐ熱の出る質《たち》であるし、又少しの熱に脆《もろ》い質で、先に自分の気が弱ってくる。これで諦めて、暫く仕事のことなんぞ考えないでいられればらくだとさえ思ったのに、それは反対であった。

たまらなくなって私は旅に出ることに決心した。近くて安心して、ひとりでも気持よくいられる場所として、箱根のホテルにきめたが、寒さが心配になったので、先ずその日は、伊東のK氏の宿に向った。

熱は家を出るとき七度ほどあった。その日は薬を飲んでおそくまで話しこんでやすんだが、翌日は身体が軽くなっていたし、鼻のくすくすしていた不愉快さもとれた。

前夜来の雨もあがって、快晴のうららかさ、全く伊豆の空はあかるく、春のような気温である。

箱根行を更にのばして川奈ゴルフ場へ同行する。富士は新雪の美しい姿でそびえ、空も雲も溶けるように柔らかで、山野の紅葉しているのが不思議なくらいである。あたたかでのぼせるようだ。

又、ゴルフ場が暑い。そう言ってもおかしくないほど激しい日光であった。K氏夫妻O氏夫妻がコースに出てから、私はホテルで専ら食べていた。なんだか食欲が出て気持よかったので、食事は大変たのしかった。

生牡蠣とフライとサンドウィッチを食べて、元気になって、ひとりで芝生をぶらぶらした。明るい海を前に広茫たるグリンの美しいことといったら、こんなところに、ひとりでゴルフなんぞしないで、ぼんやりしているなんて素的である。

風邪をびくびくしていたが、夕方になっても躰は変化なく、むしろなおってしまったようなので、益ます安心してとうとうその晩おそく、箱根へのぼる気になった。

宿からホテルへ電話して、十一時近く、おそらく私がその日の最終の客であったかもしれない。折柄、美しい月の夜で、宮之下までの山道は水のようにあおく、こんな美しい晩にきたのは素ばらしいと思った。

今までに私は、箱根の夜道のこんな美しさに出遭ったことがないのである。

そして、この頃から私の気持も次第に鎮まって、既に仕事の雰囲気に近づきつつあるようであった。

硝子《ガラス》ばり

この頃の作家には、体質的にひよわいところが一つもなくなったような気がする。心身ともに非常に丈夫になり、てれなくなり、実質的な合理性に富んでいる。つまり、普通のひとと同じに、作家も勿論特殊人間ではないけれど……会社勤めもきちんと勤まるだけの丈夫さのほかに、書ける腕が備っている、なんでも書ける、なんでも歌えるというのが玄人でありプロであって、これは歌えない、あれは駄目だ、というのは、素人だと、アマとプロの差を、簡単に理由づけてもいるようである。

玄人と素人の論議は、それぞれの解釈があるにしても、植木屋が、着物を縫ったりはしない。しなくてもいいのだ。松の手入れがたしかに出来ればそれでいいのだ。

雑誌に日記を書く場合は、多少の修整された生活を書くのだろうと割引きしてみても、朝は何時に起きて、午前中に仕事、何枚はどこそこ、何枚はこちら……請負ったものをきちんとこなし、午後は誰氏、彼氏と会談、飛行機で用件を足し、夜は会食、酒宴、帰宅すれば、連載紙の諸氏が待っていて、あちらに何枚、こちらにこれだけと、恨みっこのないようにわたして、やれやれ、明日は何時の便で講演会にお発ち……という風な、整然たる生活ぶりが公表されている。

仕事もゴルフも酒宴も、全部スケジュールに組みこまれているようで、だらだらと机の前で、ああでもない、こうでもないと、にが虫をかみつぶし、そのうち頭痛がしたり、気持がわるくなったりして、一枚も書かずに、今日はおしまい、などと癇癪《かんしやく》を起したりすることは、先ずないのであろう。

宮仕えと同じく、ひとにも自分にもよく仕えて、節度とは別な、ある抑制の下に、書くという生産が行われて、立派な仕事が次つぎに出来上る。
たいしたことだと思う。怠惰わがままでは、とても出来ることではない。

作家が丈夫になったという境いめは、石原慎太郎さんあたりからで、文壇に、社会通念として通用する頑健さがもちこまれた。

丈夫で勤勉でなければつとまらないような状勢も、その頃から激しくなったようで、病弱や貧乏は、もはや売物にならず……売物にならないというのは、そういう生活現象のデフォルメや趣味がなく、生のままでリアルに突き出すのでは、悲惨残酷、弱い者いじめ、抱っこに負んぶの有様は、日常茶飯の方がはるかに凄く、なまなましいのは言うまでもないからである。

作家の体質が頑健になると同時に、作品の上にも、いいわるいは別にして、打っても叩いても、響くのか、響かないのかわからない頑丈な膜が、金の扉が、出来上った。その被膜の上で、たとえば死んでも、生きてもさわいでも、決して、中身に傷がつかないような用心が備った。

用心は昔からあったかもしれぬ。作家とて人間だから用心があるのは当然だが、そういうわかりきったものは、あっても、それとは見さだめ難いように内証にして、なにごとも、文学の世界にとじこめて……たとえてみれば、家族打ち揃って、にこにことトンカツだの、みそ汁だの、焼魚だのと、普通のものを食べている団らんの図などは、なるべくしらん顔で、みせないで、もしかしたら、謹厳な作家が死んだあとで、押入れから、かくし子が三人出て来たというような、お化けをみたよりも、びっくりするような人生があったとしても、不思議がらないものが、作家の体質のどこかに秘められていたような気がするのだが……この頃は、なにごともガラス張りである。ガラス張りを人びとは喜ぶ。

体質が丈夫になったばかりではなく、作家のひともよくなり、正直になって、きのうあったことを、きょうすぐ書くような早業、早撃ちのねらいも正確になったのであろう。その上露出も、各人が写真の絞りと同じく、それとはわかぬまでの工夫をこらすような姑息なことはせずに、台所から寝室まで、全部開放しておみせする。そういう風に、どこからどこまでも開放するのが、親切のひとつとして通用するようになった。

私の小さな家の中に、親切を示すわけではないが、天井も、三方の区切も、全部硝子ばりの部屋がある。たかが十五畳たらずの日光室だが、さむがりの私は、冬の太陽と温度を、全室暖房によらず、自然から受けるつもりなのだが、小心臆病ものには、いわゆる硝子ばりの部屋では、何年経っても、せいぜい植木に水をやるか、小鳥をかまうぐらいのことで、本を読んでも落ちつかず、考えごともつづかない。なんとなくぼんやりと、ぽかんとしてあたら月日を過してしまったのである。その上、誰にみられる恐れもないのに、全身を、なにものかに曝《さら》しているような疲労も感じる。……それで、天窓だけの締めきった書斎の机の前に坐ると、安心というのもおかしいが、なにやら不自然でなく、本も新聞もらくらく読めるのである。

もともと私は日光に弱くて、日に当りすぎると熱が出たり、吐き気がしたりするので、裸で日光浴などは、若いときからしたことがない。そういう体質を別にしても、硝子ばりの生活というものは、どんなに丈夫なひとでも疲れるものではなかろうか。ひとごとながら心配である。

文壇には関係のないことだが、一般にこの頃の生活態度には、よけいなものはない。硝子ばりで見えるだけのものしか、見えない。

以前、身辺に留守番のひとをおいた。その妹娘が勤めに出ていて、朝は一番早くに門を出る。門を明けたら、新聞は新聞入れから出して、母家の窓口に入れることを申しつけた。

すると、新聞はちゃんと入っているが、門のわきの牛乳は、靴でころがしたまま出ていってしまうのだ。そのあとで、留守番が玄関まわりを掃く時に、牛乳をとりあげることがわかった。——言われたことはするが、言われないことはしない。私の牛乳を蹴《け》とばしても、妹娘は私に雇われているわけではないから、よけいなことはしないのだ。……

露出いっぱいの硝子ばりの生活に耐えるには、体質の丈夫さばかりではなく、よけいなものはもたない、よけいなことはしない、という神経であることが第一なのかもしれない。しかし私は、どうもそのよけいなものに心惹かれるのである。見えているものだけが見えるのは、当り前のことです。

小説のなかの土地

私は、東京都内を殆ど知らないと言っていいであろう。東京に現在住んでいるひとでも、自分に関係のある場所以外は、あまり知らないというのが本当のことらしい。

それだけ広範囲にわたっているのが、いまの都会で、人びとは、その或る部分にそれぞれ暮していているわけで、自分の身のまわりのことだけが、全世界という、孤独な日常のように思える。


ところが、下町には、独特の人情があって、人間的な情緒があると、きいたり、読んだりして、私は、そういう町に一種のあこがれを抱いていた。

もし、失意の、しょんぼりした心持の人間が逃げてゆく場所としたら、山の手のとりつく島もない場所よりも、人間くさい、ひとの情のむき出しになったような、静かな下町の片隅かもしれないと思うようになった。実際に下町を知らないので、私は、殆ど、想像で、私の下町を作っていた。

「歌枕」を書いているとき、この中の人物は、いずれ、そういう片隅に暮させたいと思っていたので、或るとき、編集のI氏に、佃島《つくだじま》は、都内でも、いままで島ということで、古い風俗の残っている様子なので、一度行って見たいと話した。

快く、御案内しますと言ってくれたのに、ぐずぐずして、半年も経って、『佃島の今昔』という本を読み、佃島の社会と文化というものを、あらかじめ知ってみると、一層、興味もあり、とても、一度や二度行ったくらいで、小説の中の場所としてとりいれることはむずかしいと考えた。

しかし、行ってみたいので、とりいれる、いれないはともかく、行くことになった。

そして今度は、翌日行った。その日は雨降りであった。東京駅から、I氏と車で行った。すると、これがすぐ近くにあって、忽《たちま》ち佃島なのである。勿論、現在は、佃大橋がかかり、築地のつづきになっている。佃の渡しという名残りもない。

それでも、私は、そこに下町の典型を見た。想像していた下町の風情があった。小さな町の通りが、実に小綺麗である。雨のせいか、ひとは歩いていず、車も数えるほどのことで、細い露地の奥も、掃除が届いて、赤いゼラニウムの鉢が濡れていたのは、印象的であった。

松の盆栽などでなく、赤いゼラニウムというのは、私には、ひなびていて、極《ご》く平凡で、たった一鉢でも、赤い花を咲かせている気持が嬉しく思われた。

雨の中を、住吉神社へ行ったり、佃煮屋で佃煮を買ったり、ぱきぱきした話し振りの娘さんの口数のすくなさも、いいなと思った。下町風俗というと、妙にお喋べりで陽気でがらがらして、というような伝説があるが、私がはじめての佃島で感じたのは、想像していた通りの、ひっそりした、よけいなことはぺらぺら言わない、地道なつつましい暮し向きの人たち……。

それで、「歌枕」の中の「やす」という女を住まわせる場所として、早速、とりいれた。小説の中の土地、場所、について、私は、漠然とした場所として扱う場合も、必ず、実在の風土を、自分で確めてとりいれるようにしている。

俳句と小説の差（抄）

作家と俳句とは、かなり親近なつながりがある。人生、心境、感慨、自然など、その素材の面では、殆ど同じである。

同質ではあっても、小説を書くことと、俳句を作ることとは、凡《およ》そ、違った方法である。

作家は、曲りなりにも俳句を作ることもあるが、中には、専門家の如く、上手な作家もいる。

しかし、俳句の専門家が、必ずしも小説も書けるというわけにはゆかないらしい。

十七文字と季語という約束ごとのなかに、悲喜こもごもを詠むのと、無限の文章をもって、人間雑事を描写するのとでは、そこに、表現の違いが根本的にある。

わたしはどういうわけか長年句座に招ばれて、いつもその時だけ作るというわけで、日常、何かを感じて発句、旅をして発句、観照して発句という具合に、身に沁みて句にしようとしないし、出来ない。

句座では楽しみ半分、苦しみ半分の息抜きのようなものであるから、上達もしない。しかし、作家の句には、やはり作家の表現があって、俳句専門家とは違った観点があるのは、興味ぶかいことである。

芥川龍之介の句に、

木がらしや目刺にのこる海のいろ
水涕《みずばな》や鼻の先だけ暮れ残る
竹の芽も茜《あかね》さしたる彼岸かな
兎も片耳垂るる大暑かな

やはりこれらの句は、わたしの心に残るが、作家的発想のように思う。

内藤丈艸《じょうそう》の句。

大原や蝶の出て舞ふおぼろ月
木枕《きまくら》の垢や伊吹《いぶき》にのこる雪

屋根葺《ふき》の海をふりむく時雨《しぐれ》かな

芭蕉、蕪村、太祇《たいぎ》、かかる玄人の句には、なんという痛切な言葉が選ばれていることか、わたしは、ただ、たまたま読めば読むほど、十七字のなかの世界の深さに、驚くばかりである。

三好達治の句。

鯖売りと赭土山を越えにけり

この色紙は、書いて頂いた。たぶん句会の席で、わたしの選に入れたものを、その場で書いて下さったのであろう。

お笑い草までに、わたしの駄句二つ三つ、まぐれで、三等にはいった。

障子明け髪ながながとときほごす

冬の菊赤きがままに枯れにけり

＊

旅びととわが名よばれん初しぐれ
芭蕉

けふばかりひとも年よれ初しぐれ
去来

木枯の地にもおとさぬ時雨かな
宗祇《そうぎ》

世にふるもさらにしぐれのやどりかな

時雨、しぐるという言葉は、季語にもあるが、さっと降るともなく、小雨の降り来て、また、いつともなく晴れる、やむという雨の余情ある言葉である。

しぐれの名句名歌が、いくつかあった。わたしは、好きな句を、箱根細工の筆入れの横に書き入れたり、句や歌の、もちろん古歌であるが、時雨という表現の深さを知った。別に、名句とわたしの小説とは、なんのかかわりもないのであるけれど、さらにしぐれのやどりかな、などという句に、ぞっこんとなったわけである。

前述の名句は、わたしの仕事のあとで発見した。そう思ってみると、時雨という言葉が、わたしたちの日常に、思いがけずたくさん使われているのに気づいた。

時雨煮、しぐれて来た、しぐれだから、たいしたことはない、などと、風流とは全然べつの場合にも、使い得ている。

俳句と小説とは、独立独歩のものであるのに、言葉の伝統としては、混合するところ、交錯するところが多分にある。それすら気づかずにいることがある。

むしろ無意識にそうなるのだが、それは、小説にしても、さらに俳句に至っては殊に、言葉、言いまわしを選ぶ上で、ぎりぎりまで追いつめてゆく上で、その思想、性格、また花鳥風月にしても、描写は、同じ仕事なのである。似る点があっても、不思議ではない。

しかし、わたしは、小説ならなんとか書けるかもしれないとしても、俳句ではとても深く詠みこめない。十七文字にまとめるだけだから、らくだという人もある。それは、楽しみにやるぶんにはともかく、十七文字で一句成るということは、たしかに、それが小説で言えば、一作ということになるから、原稿用紙のますを、無限に埋めてゆく作業にくらべればということでは、らくかもしれない。

楽しいことで一句、悲しくて一句、死で一句となると、十七文字という限定は、やはりきびしい。

名句というものは、決してむずかしい言葉、わかりにくい表現をしていない。普通の調子で重点を突いている。ごまかしは利かないのである。(以下略)

初出「朝日新聞」一九二九年七月二日〜七月三十日

中里恒子 Ⅳ　おんならしさ

眉

いい毛糸のように、眉は柔かく匂ってほしい。線をぼおっとぼかしたような静かな太さ、すこうし眉毛の下が青んで艶のある毛あし、というような素顔の小ざっぱりさは近頃の顔には見当らない。どうかすると昼の資生堂あたりで、不断着《ふだんぎ》の、拭きこんだ廊下のような頬をもった芸妓の顔が有《も》っている。

大方は技巧を凝らしたお化粧なりに、どぎつく眉も作ってある。それにパウダアをぱっぱっとはたきつけるせいもあって、殆ど艶のある眉毛をもっていない。形だけは花ばなしく、外《ほか》の表情は生きていなくとも眉だけは流行の風つきをしている。一時、下り眉が流行して、猫も杓子もマリア様みたいな悲しそうな眉を引いていた。どうみても笑いたそうな顔に、眉だけ泣いているのも随分へんだったけれど、今は又、おそろしく上へ吊り上って かっと怒ったような眉が粋だということである。

凡《およ》そ舶来仕立の人びとは、まだしもガルボやデイトリッヒ擬《まが》いの眉もきりっとして悪くはないが、それとても顔によりけりであろう。あんまり肉づきの豊かな人が針金のような眉を作るのは品が悪い。ガルボにはガルボの眉。観音様には観音様の眉。達磨《だるま》さんには達磨さんの眉。奴《やっこ》には亦《また》奴の眉があって、夫《それ》ぞれ身についた性来の眉に、人知れぬ工夫をこらしたいものである。折角、のんびりした顔立のお嬢さん達が、眉毛だけガルボ張っても、外が初うぃしいので、なんだかしじゅうびっくりしてるみたいにみえてそらぞらしい。

それにしても決してあの眉の形は西洋生れでもなさそうである。写楽の顔なぞには、ちゃんとあの蛾の角《つの》のような眉が使ってある。もしかすると、頭のいいガルボあたりが黄表紙あたりから扮装に取入れたのを、今逆輸入してる形なのであろう。顳顬《こめかみ》辺ぞりぞりと険しく剃り込んだり、くろぐろと天鵞絨《びろうど》のように厚いのや、針金式、まで道中の長たらしいのなどみんな感心しない。譬え美しくとも、白日の下でぐどく彩色した顔は興ざめな気になる。殊に素人の、妙に眉毛の仰仰しいのはがっかりしてしまう。

眉こそ五月のお日様のようにうらうらと明るんでほしい。

習性

怒りっぽいことが何よりいけないのです。意地をはることも美しいものではなく、悲しいときには、王様の御前でもお泣きなさい。喜びあれば、庭の鶏に和し、高高と大きく胸をおひろげなさい。

花燈籠《とうろう》

なにごとにも性急な、出来たてのホヤホヤのようなことだけに眼がくらんでいる現代では、あとのことはどうでもいい、今がいまの決裁で、たとえば美しい花の満開だけにしか眼がとまらない。

ものごと、十年前にすればよかったことを、十年も過ぎてから思いつくというのは、たしかにタイムリーでない。ないけれど、わざわざあとからするということ、十年はともかく、十日であろうと、一日であろうと、あとを愉しむということは、ものごとの持続という点で、私は重要なことに思っている。

以前は名の通った店では、俗にキワモノと称するその場限りのものは扱わなかったものだし、すぐ飽きられるようなものを作るのは恥としたものだが、今ではそんなことを言えば、笑われるだけである。——その場限りと言っても、……或るとき、尾形光琳《こうりん》が或るひとの宴に贅《ぜい》を競って、竹の皮に蒔絵《まきえ》をほどこし、宴のあとでは、惜し気もなく竹の皮を捨て去ったというほどの、精をこめたそんなその場限りが、現代にはない。又、そういう竹の皮がなくても当然と思うほど、私はその場かぎりということを、競技をのぞいてはそれほど重要視しない。言わば気まぐれであるから、気まぐれならば気まぐれとして、忽《たちま》ち消え去るところに余情もあろう。

それにしても、今の今というたのしみ以上に、あとをたのしむことのむずかしさ……花の盛りよりも、花のあとの美しさをみることは、人間一代の運命としても容易なことではない。ふたことめには、あとの祭だ、十日の菊だという痛恨があるけれど、十日の菊は、残菊として美しく見ればそれでよいのである。ほんとに美しいものならば、遅れて咲こうともその時の美しさがある筈である。……茶事のことはよくわからないが、のち入りといって、後座の客が茶席に招かれることもあり、火が衰えたとき、また炭をつぎいれるのち炭という手前もあって、あとあとまでやり通すことが一つの心得のようになっているのに、生きた人間の一生が、若いときだけの命ということは、何ごとにも残念であり、怠慢のように思う。のち炭のように、人生の火を、途中でつぎ足して、生き生きと生きたいことを、この頃私は念願するようになった。孤独な人生を生きるには、自分で自分の炭をつぎいれるほかはない。二十年経てば、人生どんなに平凡に生きても、なんらかの変化はあるのが当り前で、そのたびに、時すでに遅しと思っていては、一生ただ時間を追いかけているだけのことである。時はいつでもある。ただ、その時を、自分のものにするかしないかで生きるか死ぬのである。何時何分の汽車に駈けつけるだけが能ではあるまい、花が散ったら、散ったあとをたしなむのも人生であろう。あとの祭をたのしむくらいの余裕しゃくしゃくでいたいものだ。

あとの祭ということも、実際にあるのである。京都の祇園祭は、七月十六日にはじまって、東西南北の町内をまわって、二十三日に再び祇園に帰って後の祭をするのだから、十六日にまにあわなくても、二十三日にまたチャンスがあるというわけである。もっとも、二十のときに恋をしなかったから、四十になってあわてて恋をしようというのとは、土台が違う。はじめから、後の祭は勘定にはいっているのである。――

だが、人生ではそうはゆかない。三年前、アメリカへ旅行したときに、私はボストンで、或る夫人に会った。このひとの良人《おっと》は海軍大尉で、夫人は結婚する前ナースをしていた。恋しあって、信頼しあって結婚し、まことに幸福な日を送り、子供もふたり出来た。五歳と三歳と言ったろうか、その幸福のさなかに、或る夜、良人が突然発狂状態になって、ピストルで子供ふたりをうち殺し、妻をうち、最後に自分に銃口をむけて自殺してしまった。そして、奇蹟《きせき》的に、重傷ながら、夫人だけ助かったのである。そういう経歴の夫人と会った。

その夫人の実家がボストンに在って、私の娘が大学に留学中、遊びに行ったり泊ったりしてお世話になった家庭で、私は、アメリカの知人がその家と懇意なので、一夜招ばれてゆき、そこで、今は実家に帰ってきているその夫人と会ったのである。……美しい落ついた夫人であった。私は、娘からの手紙で、その事件がアメリカでも大さわぎとなったが、その場合の夫人の沈着さが非常に同情を買い、娘は、大学の休暇で旅行中その地で起った事件だったので、まだ、重傷で入院中に、夫人を見舞って、眼の前でふたりの愛児も、良人も、血まみれになって死んでしまったのを見なければならなかった悲痛をきき、その場で気絶したが、生きられるとわかった今は、もう一度、生き返ってやりなおすつもりだと語った夫人に感動したという手紙を私によこしていたので、私は、どんなに女丈夫《じょじょうふ》の夫人かと、内心は想像していたのである。

それがボストンで会ったときは、その事件から、もう一年余り経っていたのだろうか。全くのポーカーフェイス……そんな惨劇の影もみえない美しい静かなひとであった。もっとも、まだ家人たちは、とてもその夫人に気をつかって、神経をたかぶらすような言動は、みんなでつつしんでいる風にみえたが、夫人の方から、からだがすっかり恢復《かいふく》したら、また、以前のように、病院へはいって働くつもりだと言った。

あとでアメリカの知人の話では、その夫人には、すでに求婚者があらわれて、恐らく結婚するようになるだろう。積極的に生きることによって、過去の痛手をのり越えてしまうのを、皆も賛成していると言った。この何べんでも生きようとする、のちの月日の生き方、のちの花とでも言うべき人生……突発的に起ったあとの祭はあとの祭とし、充分才覚をつくすのが、折角生きている以上は、自分の命に対する礼節かもしれない。……ここでも持続ということが考えられる。言わば、衰えた火に、また炭をつぎいれて火勢を持続させる心得と同じものを、絶えず自分の内部にもちつづけることは、時には全くやりきれないほどいやになることもあるが、現在むかえた歳月をみつめて、今一度、そっと静かな火を点じることも、のちの月見のたのしさに似ていようか。

会うは　わかれ

会うは、別れと知っている。わかれが厭《いや》ならば、会わぬがよいか。……いいえ、違う。やっぱり私は会うだろう。

これは、私と娘との関係である。

ほかの関係の場合も、こういうことはある。会いたい人間には、また別れるのが厭だから、それが辛いから、いっそ会わずにいよう、というわけには、私はゆかない。――

今年の夏（一九六一年）娘が、久しぶりで帰国した。娘は、一九五二年にボストンの聖心大学（ニュートン・カレッジ）へ留学して以来、大学生活約四年、結婚生活五年めであった。……春頃、娘から、ままに小さな子供たちをおみせしたい、ぜひ見てくれと言って来た。来られたら来てくれるか、でなければ、自分がゆくか、と言って来た。

私は、べつに、そんなに、いわゆる孫というものに興味はない、会わなければそれまでである、と返事した。そうすると娘が、それなら私がゆく、と言って来た。どうしても、自分の子供たちを、私に見せたいらしい。

私は、五年前、娘たちの結婚式が済んだあと、渡米している。旅券が仲なか下りなくて間に合わなかった。私は、この結婚に、最初からハンタイした。ゼッタイ、ハンタイの電報、航空便を出し、国際結婚のむずかしさをジュン、ジュンと書き送ったが、しかし、そのとき、こんなことしても無駄だな……と思っていた。

娘は、私が言うまでもなく、国際結婚の結果を、身辺に見ている。娘の従兄妹たちには、混血児が三人いて、小さいときからその生活を知りあっている。アメリカへ行って、いわゆる外国生活の心ぼそさから、いきなり、恋の相手にボウーッとなったのではなさそうだし、電報で、ハンタイをどなったところで、全く無駄だな、と私は、はっきり承知して、ええ……勝手にしろ……と、思ったくらいだ。

だが、そのとき、私は、ようやく自分の運命を自覚したのだ。……

私が女学校一年のとき、長兄がロンドンで結婚して、イギリス婦人と一女を連れて、八年ぶりで帰国した。この結婚の報が友人から伝わったとき、家中大さわぎになって、父母が歎《なげ》き苦しんだのを、私は覚えている。

次に、私が結婚したとき、その家の兄も、フランス在留中結婚して、フランス婦人を妻にしていた。それで、屢屢《しばしば》、私たちは不思議な会合をした。全く、乗合馬車のような光景であった。

私は、一生のうちに、イギリス婦人や、フランス婦人を、義姉と呼ぶのも、人生の偶然と思っていた。……この何年かの身辺には、ほんとにいろいろのことがあった。フランスの方は病没し、イギリスの方は国へ帰った。

ところが、こんどは自分の娘が、アメリカで、アメリカ人と結婚したのである。ここに至っては、いくら、他からの影響を受けない質《たち》の私も、ほんとに、これはどうかしている……単なる偶然ではないと、大ショックを受けた。

この三つの国際結婚の場合、いずれも、その相手は、日本の土を踏んだことのない人たちであった。日本に対しての認識も、どう考えたって、タカが知れている。ただ、ひとりとひとりの結びつきなのである。——

ともかくも、私は、娘が急死したようなショックで、ひとりしょんぼりと、半分怒り、半分は許し、一九五六年渡米した。

四ケ月滞米中の約二ケ月、娘夫婦といっしょに暮した。おムコも両親も、しっかりした人物だが、私にはどうも無縁のひとに思われた。まあ、娘は死んだものと覚悟して、私は、やっぱりひとりで暮そうという決心が、娘のそばにいて、幸福な人たちの中にいて、益益、私をその気にしたのだから、おかしなことだ。

私はすでにひとり、娘はひとり娘、その娘がアメリカで一生暮すことになりそうなのだから、ほんとは、おかしいどころの沙汰ではない。「……よかったら、こっちで暮したら……」という申し出に対して、私は、「とんでもない……帰らなければ……」と、別れて来た。べつに、誰が待ってるわけでもないのに。……

五年ぶりで会った娘の成長は、私に、或る安心とともに、自分の娘ではないような気を起させた。それでも、自動車に乗りこんで、「じゃ、さよなら……」そう言っただけで別れた私は、旅を終って、自分は日本へ帰るけれど、娘は、この大陸に残る……もしかしたら、鬼界《きかい》ケ島《しま》の俊寛が、ひとり島に残されたときのような気持かもしれないと、おムコに抱えられた娘に、むしろ同情したのである。――それから、また五年め、こんどは、娘が、私の家にやって来た。

着くとまもなく、娘は、「そうそう、外人登録を、市役所にして来なければ……」と言う。

たしかに、娘も、小さな子供三人もアメリカ人である。可愛い、いたずらな子供たちは、母親とも私とも英語で喋り、時どき、私の英語がわからなくて、へんてこな顔をする。娘がペラペラとやる。私と娘は、日本語で喋る。子供たちが、なんだなんだと、しつこく知りたがる。手伝いの者が、あやしげな英語の単語を並べて、子供たちの世話をする。朝は七時前から、夜は八時頃まで、子供たちはペラペラ喋りまくって、あばれまわり、水害のあと始末と重なって……私は、とうとう熱が出て、寝こんでしまった。

私は、このアメリカ人母子を見ているうちに、やっぱり、自分の娘は死んだと、再び思うようになった。……なぜだろう。そう思う方が、寂しくないからかもしれない。

さて、帰る時季……つまり、又の別れのときを、いつにしようかと話しあった。

「……日本でお暮しになれたらいいですね、」

手伝いの者までそう言ってくれたが、私は賛成もせず笑っていた。ペラペラの子供たちも、そろそろ、「いけません、さよなら、ありがと」を覚え出した。

「帰るのは、寒くならないうちがいいわ、帰りの切符は、おみやげにしましょう、」とう私は、ありもしないものをそうしてまで、娘におひきとり願った。ペラペラさんたちに、情が移ってはやりきれない……

「ではありがたく頂いて、こんどは、子供たちが大きくなってから……それからまま、どんなことがあっても、私の方は御心配なく……」

「じゃ、さよなら、病気をしないように、」

家の中は、再び火が消えたようになり、私の内部では、どうしても娘も死んでしまっている。会うのはいいが、別れはいやなものだ。又何年間か、私たちは会わないだろう。

「アンナ・カレーニナ」と女性の恋

私が、「アンナ・カレーニナ」を読んだのは、女学生の終りころだった。そのころ、トルストイズムというような、一種の深刻癖が流行していて、私は、あまり好きではなかったが、同じトルストイのものでも、「復活」(カチューシャ)よりも、「アンナ・カレーニナ」の方が、らくに読めた。それは、アンナという女主人公の生き方が、自主的で、反道徳的であったためかもしれない。

しかし、私は当時は、アンナの、一見申し分なく幸福そうにみえる人妻と、青年将校との恋愛という、当時としては反世俗的な行動に、一種あこがれに似た驚きを覚えただけだったと思う。

そうそう……その頃、私は飜訳ものにかぶれていて、フローベルの「ボヴァリイ夫人」や、モーパッサンの「女の一生」も読んだ。そしてこの三大小説が、いずれも女性にとっては、悲劇であるということに、とても感動したのである。そして、結婚したあとの女の幸福、不幸、ということを考えさせられた。

フローベル、モーパッサンはここでは触れないとして、トルストイの、この悲劇を、私が本当に理解?し得たのは、結婚して、自分も子どもをもち、いろいろ家庭生活についての悩みを経験したあとのことであった。そのころ、再読、三読して、非常にこの小説のテーマに共感を覚えた。いわゆるトルストイの人生観、人間観、自然観、運命観、社会観……そういうものを、若いころよりは理解し得たからである。

トルストイズムと言いはやされた、人道主義的なものと、むしろ反対な女主人公アンナの生き方に、読後、私が感じた一番のかなしみは、アンナの恋愛が不幸だったということだ。それから、アンナの苦しみ方である。……人妻だから当然もっているはずの、夫への愛、子どもへの愛、そういうものが、恋愛の前には、アンナの場合無力だったということに、私はほんとに感動した。それは、そうであるはずだ、と私に思わせるものがあった。そういう激しい恋愛をした人妻の末路、それは破滅であるが、十九世紀の帝政ロシアの社会環境の中で、不幸であろうと、破滅であろうと、正直に愛に生きようとした女の姿に、私は打たれたのだ。

簡単に物語を説明すると、貴族階級の高官の妻アンナは、夫カレーニンとの愛なき結婚生活に、絶望に近い不満をもって、なお、忠実に生きようと苦しんでいるが、偶然出会った青年将校ウロンスキーと、白熱的な恋におちて、ついに、夫も子どもも捨てて、ウロンスキーのもとに走る。しかし、それはなお、アンナを不幸にした。地位も名誉も子どももすてたアンナを苦しめたものは、捨てた子どもへの愛であり、捨てた社会からの孤独であり、結局は、そうまでして得た愛にも絶望して、鉄道自殺をとげるのだが――トルストイの描写は、すばらしい。主要人物の正面に光線をあてて、四方八方から現実を描写し、心理描写も実に克明で正確でおそろしいと思う。

この小説の中には、アンナの生き方と対照的に清純な恋愛も描きつくしてあるために、一層、アンナの恋の末路がいたましく、結婚を通して女の人生というものを考えさせる。

私はしかし、このアンナが好きである。アンナの性格には、女のもっている宿命的な弱さと美しさと正直さがある。――外側から見れば、アンナは美貌の女性として、上流社会にその名をうたわれた賢い女であり、夫は高位高官の権力者であり、一人の男の子の母親であり、何不足はないと言える環境にあって、それにあきたらず、ただただ、愛する男といっしょに暮したい、真実に生きたいと願って、一生を棒に振った。そして身を滅ぼした不貞な妻なのである。

それでも、アンナがそうなってゆく有様の中に、トルストイの思想が精妙に織り込まれていて、実に、なまなましく人間が掘りつくされている。

若いひとに、ぜひ読んで貰いたい作品の一つだが、ストーリイをざっと読むのではなく、全体をちゃんと読んでほしい。すじだけ読んだり聞いたりして、知ったような気持になるのは、決してあなたの知識にはならない。

（「読書と私」より）

今朝の夢

長い冬のあとに、やっと春が来るということを本当に感じるのは、人間、或る年齢を経てからのように思う。

春夏秋冬は、人間の年齢に関わりはないと言えばそうなのだが、若いときは、その関わり方というか、感じ方というか、春は黙っていても、らんまんであって、夏は、命の躍動であった。古歌にあるように、秋は淋しいということもなく、夏の終りから秋に移る頃のさやけさも明るい。冬には、もう春のあたたかさがしのび寄る。

それが自然の循環であり、特に感傷的になるのは、なにか心が生き生きしていないとき、憂いごとがあるとき、それを自然の花や山にうつしみるということであろうか。

風景は、その時の感情であって、いい景色が、いつもいいとはかぎらない。それがだんだんに固定化して来るのが、年齢というものであろうか。

しかしそれは若さを失うことではなく、若いときよりもっと新鮮に、感情が純粋になって来る、澄んで来るということである。多くを望まなくなり、ものを捨てること、かざりをとること、だんだん自我が見えてくることである。

幾年月を経て、人生はそれぞれに積み重ねられてゆくが、積み重ねられるばかりではなく、つぶれたり、倒れたりもする。よいことばかりはないことも、知るようになって、悲しい目にあったり、反面、嬉しいこともあったり、ひとの世の思いは深くなると私は思う。

年月は茫茫《ぼうぼう》と経ってしまうが、まだ、未来があると思える。ほんとにいつでも私は、まだ未来があると思っていた。これでかたまってしまうと思ったことはない、へこんだり、ふくらんだり、柔軟な気持で生きてきた。

若い頃には、春が来るのは当り前であり、いやでも、確かにものみなが春になった。しかし、久しく、四季をくりかえしているうちに、厳しい冬を経なければ、寒冷に耐えぬかなければ、決して春が来ないことを、感覚としても、自然の摂理としても、我が身にひきくらべられるようになった。

これは諦めではなく、一つのエネルギーの結晶ではなかろうか、年は古《ふ》りても、心ははなやぐというのが、本当の春ではなかろうか。花の咲くのだけが春ではない。

昭和八年から住んでいるうちに、日常の生活に関係のあった土地の商売屋の主人が、今では、あらかた亡くなった。

豆腐屋の親父が死に、息子がいい年になり、その息子の息子も、青年になって店を手伝い、おばあさんもこの間亡くなった。煙草屋の夫婦も、相ついで死んだ。その煙草屋とならんで、床屋をしていたおやじも、戦後床屋をやめ、川向うの長屋にいたが、おかみさんが働き者で、一人前になった子供たちも立派に勤め、元床屋のおやじはぶらぶらしていた。それが、今年、今様の家を新築した。

道でおやじと出会ったとき、私は、

「いい家が出来ましたね」

「ええ、おかげさんで」

そんな話をしあったのに、十日足らずのちに、新築の家から葬式が出た。私は、近処の人から、おやじが死んだときいた。全く、ひとの世の定めなきことは、西行が歌に詠んだように、

なき跡を誰としらねど鳥辺山《とりべやま》 おのおのすごき塚の夕ぐれ

である。

植木屋の親方も、大工も、塚のひととなった。

そういうなかで、官僚あがりのおじいさん、おばあさんが、日当りの道をとぼとぼ歩いているのを見ると、世はさまざまと痛感する。

私が帰って来ると、庭にジャックがいた。痩せている。まあジャック、どこへ行ってい

たの、よく帰って来られたね、半年もいなかったのに……私は、ジャックを、庭の囲いに入れて、いそいで食べ残りの肉をもって来て食べさせた。ほんとによかった、どうしていなくなってしまったのだろうと、私は、その場にたたずんで考えた。はっと思った。

ジャックは、私が育てた犬で、十二歳半あまりで、今年の春死んだのである。死んだ筈のジャックが帰って来た。そう思ったとき、夢は覚めた。今朝の夢である。

私は、夢を見ているとき、それがすでに夢であることに気づいた。そして眼が覚めたのである。けれども、ジャックが帰ってきてくれてよかったと思う。私は、ひとにもすすめられ、自分でも、また犬を飼おうかと思っていたが、ジャックほどの性質のいい、愛情ゆたかな犬は、そうざらにいるものではない。別の犬をまた飼えば、私は、しらずしらずジャックのことを忘れるであろう。ジャックもそれはいやなのだ。だから帰って来たのだ、私はそう思うことにした。すると、庭の日溜りにジャックが寝そべっているような気がする。最高の思い出とともに、ジャックは帰って来た。――

今年もよく萩が咲いた。

萩の花が庭一面に咲き盛り、道路ぞいの鉄の唐草塀に蔽《おお》いかぶさり、道にさわさわと花枝がしだれて、散りこぼれながら、咲き終るのは、十月半ばである。それから葉が黄ばんでから、根元から枝を切る。長いのは一丈もあって、その始末がひと仕事だが、萩の枝を払って、六尺位の長さのものは、とっておく。支柱にもなり、萩の天井ぐらい出来そうに思うほどたまっているが、自然のは、曲りがあるので使えない。萩の天井に仕立てるのは、はじめから、まっすぐ枝を伸ばし、花はどうでもよく、専ら、幹を仕立てるのだそうだ。

秋の花としては、萩は長い方だが、それでも一年のうち九月までは葉ばかり伸びて、花の咲くのは約一ケ月ほどである。ほかの木の花も、咲くのはいっときで、あとは目立たずにいる。その間に、花の力が蓄積されて、見事に咲き、惜しいと思うほどに、早くも散り失せる。それでも、毎年、花は、花自身のために咲くのである。

私は、こういう植物の移り変り、花盛り、散りぎわなど見ていると、人間の生きざまに似通うものがあり、老木になればなるほど、花が美しくなるのに気づく。

また大木の命は長い。人間よりはるかに長い。木には精が宿るという昔語りが、単なる迷信や、伝説ではないと思えて来る。今年の夏のはじめに京へ行った折、三十三間堂の中に入って、久しぶりにゆっくり千体仏を拝した。千体と言われる仏の顔の中には、必ず、自分の会いたいと思うひとに似通う顔があるときいている。

私は、もう何度かこの寺へはいっているが、いつも寒い時は、氷の中のようで、ゆっくり見物が出来ず、暑い時は暑くていたたまれず、千体仏をしみじみ拝したことがない。それが、今年はいい気温の日で、見物人も少なく、ゆっくり見歩いた。三十三間堂棟木《むなぎ》の由来、という芝居がある。古い柳の精の宿した子が、どうしても動かない棟木を曳くと、古い太い柳の木が動き出して、ここの棟木に納ったという物語である。芝居の筋は、もっと、複雑に出来ているが、ともかく、柳の木にも、母子の情が通っているという哀れな物語で、芝居としてもおもしろい。

狐が、人間の子を生み育て、別れてゆく葛《くず》の葉狐の物語とか、植物と、動物、人間、それぞれに命があり、魂があり、情が通う、というものの考え方を、私は、迷信とも、作りごととも思わない。そういうことがあってもおかしくはない、形こそ違っても、精神的のつながりは、ものにはみな命があるかぎり、どこかで結びつくのではなかろうか。月にうさぎがいて餅をついている、という月の観照も、人間が、解決しないままの幻想であった。

しかし、現在は、月の観測が出来、月世界へも着陸出来る。これも、私は信じる。そしてまた、うさぎの餅つきが月でやっているままにしておいた方が、或る意味で、人生のしあわせではないであろうかとも思う。

私たちの世界には、未知のものがどのように多いか、それを一つ一つ解明してゆくことが文化であるとしても、わからないものは、どこまでも存在するであろう。何も彼《か》も知っていることが、しあわせとはかぎらない。

しあわせとか、不しあわせとか言っても、そのひとの考え方、生き方できまるもので、他人が判断しても、どうして正しいと言えようか。そういうことが、だんだん気にならなくなるのが、人生の重さであって、重さも気にならなくなったとき、人間は、一番美しい状態になるのかもしれない。

私などは、まだ、したい仕事が、いつも胸につかえている。一つし終えると、また、なにか別の考えにとらわれはじめる。しかも、これでいいと思える仕事などは、容易に出来ない。いつも、もう一度……こんどこそは、という気持に対決して、寂漠《せきばく》たる日が過ぎてゆくのである。

昔はよかった、若いときはよかった、とはよく言う言葉だが、たしかに若い折にはそれなりの幸福もあった、しかし私は、自分について言えば、若い時の自分より、今の、現在の、歳月に晒《さら》された自分の方が、好きなのである。

尾花と狐

幽霊の正体みたり枯尾花《かれおばな》。

ユーレイよりも、尾花には狐が似合う。

秋草のなまめかしさはとりどりながら、萩、なでしこ、桔梗《ききょう》、かるかや、女郎花《おみなえし》、あさがお、尾花。

いずれ、風にも耐えぬ風情の、なよなよ、しおしおしているが、激しい野分《のわき》の中をかいくぐる。

風よ、吹かば吹け、風のまにまに寄り添って、倒れた姿でも、咲きつづく。

わけても尾花は、風とは相性がいい。

秋の日の黄ばんだ日光が、見わたすかぎりの薄《すすき》ケ原にひろがり、だんだんに日暮れて来れば、あっと言うまに、とっぷり暮れおちる。

先刻まで、黄金いろだった薄野が、みるみる灰色がかり、尾花が穂は、銀いろに変って波立つ。
つめたい野分に、尾花は、揺れざわめき、吹きさかれる。
野分が吹き通ったあとの、刃物のような尾花の根元に、狐が一匹いた。
狐は、背中をぴんと立て、尾花の繁みにひっそり身構えていた。
ざあざあと尾花を吹きわける風。
つめたい秋の野の風に、狐は、身じろぎもしない。
風に吹かれ吹かれて、狐はじっとしている。
眼はあおく鋭い。
頬は、こけている。
狐は野分の中で、静かに、何かを待っている。
不動の姿で、何かを待っている。

野上彌生子　I　山荘暮らし

やまびとのたより

××ちゃん。

立つまえに一度お逢いしたかったのですが、折をえずそのままになってしまいました。先月のはじめにも二三日泊まりであそびに来たので、三十日足らずで再び山の人になったわけです。その時分のつつじや鈴蘭に代って、紫のあやめ、白いとらのお、うす紅いろのほたるぶくろが、今はこの高原を飾っています。落葉松《からまつ》もまだ瑞瑞《みずみず》しさを失わず、漠漠と生い茂っている草のいろは、さながら浅い春のみどりです。

別荘も二三軒は見えているのだそうですが、誰にも逢いません。駅のあたりの店もまだ仕入れがしていないらしく、御用聞きも廻らないで、それこそほんとうに山住みのしずけさと呑気さを味っています。

ついた日、旧クラブのお湯に行ったついでに、おみそ百匁《もんめ》、玉子五つ、茄子三つにきうり一本もらって来ました。明けの日にはヤマメが四つとどきました。また布団のせんたくのことでたずねて呉《く》れたそこの年寄りは、途中のつづらおりで見つけたと云って、若いわらびを一束もって来てくれました。去年のお米もいくらかあるようですし、かんづめも台所の棚に五つ六つは残っているので、食料は十分豊富です。

いつもの例で、あとの人たちが来るまでは時計なしです。それでも朝は鳥のこえが眼をさましてくれます。この辺でいなげと呼んでいる、チーチチ、チーチチと笛のような高音を張る小鳥が一とう早起きのようです。それにつづいて鶯《うぐいす》が、かっこうが、ほととぎすが順順に鳴きはじめます。わたしは枕の上で、一としきり森の明け方の音楽をたのしんだち漸《ようや》く床をはなれます。日の暮れる時は寝る時です。眼の疲れやすいわたしは、電気の光でながく読むことは出来ません。それならすこし歩きでもしたら？　夜のしずかな散歩。——夏の避暑地ではなにか特別にも詩的に想像されるその行動を、今ここでとろうとするのは可なりな勇気を要します。一つの冒険だといってもいいくらいです。数百万坪の高原の暗い夜の道は、まだ冬のままの兎やくらししや、乃至《ないし》森の精や山のこだまの通い路で、人間のそぞろ歩きにはあまりに荒涼としています。なまなかのことをすれば風邪をひくらいが落ちでしょう。わたしは真昼でもセルで、その上に毛糸のおちゃんちゃんを羽織ているのですから。で小鳥たちの賢い仕方にならい、彼らが森のしげみの巣でするように、わたしも夜はさっそく床にもぐりこむことにしています。あつい冬の大夜具に、二枚つづきの毛布までかけて。——

この原始的な起き臥《ふ》しで、時計がなくともべつに困りはしないのですが、一寸《ちよつと》まごつくのは昼御飯の時です。山の爽快な空気は、東京ではおひるを食べないのを習慣としているわたしの胃袋さえ、たやすく空にします。それ故おなか時計がほんとうの時間と一致するとは限らないのです。それに小鳥たちからだいぶ早く起されるらしいので、一と勉強してすこし休もうかと考えるのと、そろそろおなかが空いたのを感じだすのとは大方同じ時分です。わたしはつぎの部屋の小女に話しかけます。ねえ、もうお昼頃じゃないのかしら。こう小女は編物の手をとめ、見てまいりましょうかと云いながらおもてへ駈けだします。こう書けば、人はどこかお隣りへでも時間をききに行くのだと思うかも知れませんね。しかし、わたしの今のもっとも近いお隣りはつづら折を六七町も下り、渓流を渡り、森と原っぱを抜けて行く旧クラブ一軒しかないのをあなたは知っている筈です。そんなところまで行っては大変ですもの。小女はもっと簡便で、もっと旨い方法をえらびます。彼女はお日さまを背中にし、北に向いて立つのです。影が足もとからまっ直ぐにおちている時が丁度《ちようど》お昼のわけでしょう。まだ今日はその影が左の方二尺ばかりのところへあったから、多分十時にはならないとか、一尺ばかりのところだから十時すぎだとか云って帰って来ます。この時間の測定法は、田舎のたんぼでは一般に用いられているものらしく見えます。わたしたちはそれでじゃもう少し待とうと云うことにいつもなるのです。なにもそうしなくとも、おなかが空いた時に食べたらよさそうですが、それでは危険です。だってそんな風にやって行けば越後の米つき男みたいに、わたしたちは四度飯をもたべかねないかも知れませんもの。

とにかくこんな有様で、わたしはこの山に来さえすれば、おかしくなるほどものが食べたくなるのです。食べものの話のついでに今日買った珍しいきのこのことも書きましょうか。

きのこ爺さん。――ほんとうの名前は知りません。ただみんなからそう呼ばれているお爺さんがそれは売りに来たのです。わかたけと云って、うすい玉子いろの、笠のうらと柄は雪のようにまっ白な、それはそれは美しいきのこです。初たけより大きくはなく、笠はもっと薄手でしなやかに、それが二十三十と房になってくっついているので、脊負い籠から新聞紙の上にとりだしたところは、なにかこう黄菊白菊がうち重なって咲いているのを見る感じでした。高い香気には深山の息吹きが漂っています。

これは楡《にれ》の木にかぎって出来るきのこで、お爺さんは近くの山山の奥からとって来るのだそうです。数百年の楡の大樹が伐《き》られたあとの株には、もっともよく生えるのだが、この頃は同じ樹を伐るにしても株さえ残さず、炭に焼こうとするので、わかたけは少くなった。――こんな話を汲んでだした番茶をすすりながらするお爺さんは、白髪と、それも白い、伸びるがままに伸ばした長いひげの間に、山人《やまびと》らしく赤い日にやけた頰をもって、手足のまっすぐな肩のひろい老人です。草津の町の生れだそうですが年をとると山がのんきでようございます、と彼は語りました。白川牧場のほとりの小屋にたった独りで住み、きのこがある間はつぎつぎに種々なきのこを、その他うど、わらびと云うような山のものを採って来ては米塩に換えているのです。

そう云えば昨年の夏、きのこ爺さんのこの素朴な経済生活が、有名な或る公爵のちょっとした気まぐれによって、それこそダンピングや関税引上げ問題以上のおそろしい影響を蒙《こうむ》った話があるのです。きのこ爺さんと公爵。このとび放れた二つの存在に、これほど密接な経済的関聯があることを知るのは、人間の社会的なつながりは経済的なつながりだと云う理論のもっとも面白い例なのですが、まあそんな余計なことよりは話からしましょう。と云ってもべつに大した事件ではなく、ただ山の早い秋が来た時、公爵が一日茸狩の渉遊をおもい立ったと云うだけのことです。公爵は若様やひい様、そのつき添いの侍女、その他家職の人々を従え、三台の自動車で下の軽井沢からのぼって来ました。そうしてかねて命じておいた案内人の手引きで、かしこの森、ここの山路と渉《わた》りつくし、帰りのくるまには夥《おびただ》しい獲物が運び込まれて行きました。おかげであわれなきのこ爺さんは、四五日と云うものはどこを探しても初茸《はつたけ》一本見つからずすっかり商売がとまったと云うのです。——ちなみに、今日のわか茸の値段は百目十二銭でした。

こんなせち辛い話なら、わざわざこの山の中から書いて送らなくともものことだからもうこの辺でやめにしましょう。ですが、浅間山のことだけは一寸《ちょっと》書き添えないわけには行きますまいね。ここからの便りに浅間について書かないのは、エジプトを旅行してピラミッドを語らないようなものですから。

一言にして云えば、浅間は大検挙のあとの共産党みたいに、おとなしく鳴りをしずめています。火口から立ちのぼる煙さえ、昨年あたりから活動しはじめた向側の白根の方がさかんな位です。わたしたちはヴィラから駅をさして行く時には、浅間の煙を左にながめ、白根を右に見て行きます。帰り道には白根の噴煙は左になびき、浅間が右の空に流れています。これはなにを意味するか？——いいえ、なんでもない当りまえのことです。それでわたしには、そのなんでもないあたりまえのことがなにかひどく面白く、興味のある現象のような気がして、ぼんやり右と左の二つの煙をながめます。

今朝の浅間は特別にきれいでした。桔梗《ききよう》いろの山肌が、朝のうす靄《もや》でぼうっと半分から下だけいぶし銀にぼかされ、煙は水あさぎの空に牛乳のように吹きこぼれていました。さて白根はとおもい、それの見える坂の方へ歩きかけて、わたしは引っ返しました。左の煙だの、右の煙だの考えるのはわるい癖だとおもって。——ねえ、そうでしょう。それはわるいばかりでなく怖ろしいことですわ。ことに左の煙の方が立派に見えるの、右の方が雄大だのって比較するのは。——どちらを怒らしてもあとが面倒なのですから。それで昔から両方の機嫌をとっていたのだと見えますね。右や左のおだんなさまって。——

じゃさよなら、またなにかおもしろそうなことがあったら書いておくりましょう。

山草

思えば早いもので、この高原で夏を過すようになってからもう八年になる。はじめはほんの四十軒足らず、高い草の中に点々と積木細工の家をばらまいたようであった村も今では二百戸にあまり、一つの村会をさえもつ自治体の特色ある夏季の部落にまで発達した。これらの村の年輪をなによりはっきり示すものは樹木と子供たちであろう。若い母の手に抱かれていた赤ん坊がすでに小学生で、半ズボンで捕虫網をふり廻したり、下の渓流で水遊びをしたりしていた男の子や女の子たちが、立派な青年と美しいお嬢さんになって颯爽と馬を駈けり、また若々しい嬉戯《きぎ》の声でテニス場を充たしている。樹木の成長はまた目覚しいほどで、近くの草津電車がまだ石油を焚《た》いて走っていた頃、飛び火で一度焼けたのだと云うこの土地は、吾妻川の上流になった渓谷の崖にそうて植林された落葉松の森のほかには大きな樹木は稀であったが、家が建ちはじめてから植えつけられた同じ落葉松や、わずかに身たけぐらいに伸びていた白樺や、楢《なら》や、胡桃《くるみ》や、その他の灌木《かんぼく》が八年のあいだに鬱蒼《うつそう》となり、見渡すかぎり青々と拡がっていた草原が一つの大きな森林地帯に変ろうとして、低い叢林《そうりん》と草のあいだに、赤く塗った屋根や白い窓をあらわに見せていた家々も、今はふかぶかした緑のかげに蔽《おお》われている。わたしの小さいヴィラは崖よりの落葉松の森にあるが、分離派風の翼をひろげたような屋根の形から戯れに紅鶴山房《こうかくさんぼう》と呼んでいたところ、この頃では落葉松が倍の高さにも伸びて屋根の片はしさえ見えなくなったので、口の悪い友だちは、紅鶴沈んで帰らずだの、沈紅亭だのと云って笑う。一つはうす暗いほど生いかぶさった樹を、わたしが一本でも容易には、伐らせまいとする悪口をも含めているのである。樹を伐らせないばかりではなく、わたしは草をも苅らせまいとする。それも自分のところばかりでなしに友だちの家にまでそうさせたがるので、時々親しい喧嘩がはじまる。

どこでも地所がきまって家が建つと、でなくとも夏休みになって山荘の扉《ドア》が明け放たれると、まず草が苅り取られる。萩や、桔梗や、黄すげや、女郎花《おみなえし》や、彼らが美しい秋草として観賞に馴れた花だけは大事に取り残すように命じられるのであるが、少くとも五百坪から千坪にあまる地所のことで、人夫の鎌はいちいちそんな細かい選択はしていられなくなる。仮りにその注意だけは守られたとしても、ほかの高原特有の植物はたんなる雑草としてまだ花も咲かないうちに、無残に苅り取られてしまう。こうした冒瀆《ぼうとく》が何度もくり返されて山の強健な草や鋭い茅《かや》も去勢されたように柔軟になると、やっと庭も落ちついて来たと云って悦《よろこ》ばれる。人によると東京の家の庭と変らない芝生にはじめからして仕舞う。それでこの高原の秋草も年々少くなったと嘆くような話をしているのを聞くと、わたしはむらむらするほどの腹立たしさを感ずる。噂される通りに花がその豊富さを失って行くのはそう云う人達の仕わざであり、うす桃いろの小さい花を房のようにむらがらせたしもつけ草、ささやかに清純な白やま菊、同じ白色の花ながらかすかに黄味をおび、小暗い樹蔭にもすっきりとなにか白い燭台のように高々と咲くからまつ草、うす紫の大きな貝ボタンのような松虫草、その他紅《べに》つりふね、黄つりふね、蛍ぶくろ、蔓《つる》にんじんと云ったような、そのまま置けばあとからあとからと花野のように咲きつづく可憐な山草を、好んで根絶やしにしようとしているのであったから。

花の草が刈り取られるに連れて鳥のこえもだんだん乏しくなって行くらしい。かっこう、山鳩、おおるり、じゅういちい、かけす、うぐいす、ほととぎす——草が浅くなって、鳥の安全な隠れ場所が狭められたのである。落葉松の植林地帯から渓流ぞいの谿《たに》、崖の窪地に面したあたりではそれでもまだゆたかな鳥声を愉しむことが出来るが、数年まえのようにうぐいすが窓から手のとどく枝で平気に啼いているとか、ほととぎすが家の中まで飛びこんで来たとか云うことは、この高原でももう昔話になろうとしている。

その夏はいつまでも梅雨のような雨の日がつづき、ほととぎすが好んで食べると云《い》う落葉松の虫も多かったせいか、終日しっきりなしに啼《な》きつづけた。王朝時代の大宮人《おおみやびと》や大媛《おおひめ》たちがその一声を聴くために残した優雅な挿話のことは云うまでもなく、世々の風流人にあれほど大さわぎされているこの鳥も、こうふんだんに啼かれては珍しくないわけで、初音の僧正だってここへ連れて来たら決してあんな歌は詠まなかったに違いない、とわたし達は笑いあい、すぐ庭先きで啼いているような時でも別に耳を傾けて聴こうとはしなかった。しかし或る朝食卓につこうとしていると、開け放した窓から不意に一羽の鳥が飛びこんで、壁のまえの高い台にのせた花瓶の秋草にとまった。あっ、ほととぎすとみんな思わず叫んだ声に鳥はぱっと舞い立ち、ホールと玄関とを仕切った二枚の帷《まく》の透き間を、あの黒い帆のような尻《し》っぽとすれすれに突っきって遁《に》げ去った。

休暇も終りに近づく頃になると、すでに仲秋のように澄み透った空に、白い煙が幾筋となく村から棚びいているのが見出される。これはやがて、東京に帰ろうとする人々が、そのまえに山荘の手入れを十分にしておこうとする光景でそれまでどうにか鎌をのがれていた高原の草も、その時悉《ことごと》く苅り尽され、往来に積まれて焼き捨てられる。たいていは花になっていても、まだ種をこぼすまでには間があったから、宿根草《しゆくこんそう》のほかにはそのまま消えて行くのである。九月に入って漸く咲きはじめて、日あたりのよい草原や路ばたには、あの漢詩の歩々花を拾うと云う美しい言葉をそのまま見せたほど夥しかった大輪の濃い紫の深山《みやま》りんどうや、白い貝細工のような梅鉢草が殆《ほと》んど稀になったのもこの最後の手入れのためであるらしい。二つともその時分にはまだ花をさえつけていないのだから。私はまた苅っても苅ってもあとから蔓《はび》こるのをこぼされて、粗い山鳥羊歯《やまどりしだ》がぷすぷすと蒼っぽい煙の中で燻《いぶ》されて行くのを眼にすると、彼らをもう暫《しばら》く引きとめこの羊歯が金箔をなすりつけたような豪快な金いろに染まるところを一遍見せてやりたい気がする。

しかし植物の強い生命はどういじめつけられても容易には滅びまいとする。苅られた草は再び瑞々《みずみず》しい緑を吹き返す。そうして山の早い霜が降るまでにどうにかしてもう一度花をつけ、実を結ぼうとするいじらしい努力を、私はある日、崖ぞいの斜面に群がり咲いたがんぴに見つけた。無事に育てば三尺にもあまるこの花が、ほんの二三寸の紫雲華《れんげ》ほどもない高さにやっと伸びたまままあの美しい朱いろの花片を輝かしていた。咲かなければならないものは、また咲きうる力をもっているものはいつかは屹度《きっと》花になるのだ。私はそう思い、なにか打たれた気もちで点々と灯のように揺《ゆら》めいている斜面の花を眺めていた時、ふと一つの言葉が頭に浮かんだ。

——潜在的な天才は一つの抱負に過ぎない。すべてありうるものは成る筈である。成らないものはなんでもなかったのである。——アミエル

これはなんと厳しく、併《しか》しまたなんとよい言葉であろう。

ひとりぐらし

山の家にひとりで暮らしているといつものことながらアニミスティックになる。空に浮ぶ雲、森の樹立、渓流、それへ降《くだ》るつづら折の細路から、足もとの一本の草、一つの小石まで、なにかみな親しく生命に溢れているかのように感じられる。

「コンニチハ。ゴキゲンヨウ。」

わたしは散歩しながら空をあおぎ、路上を眺めて、みんなに挨拶を送る。

そればかりではない。東京から着いて一年ぶりの山荘に足を踏み入れると、私は、扉にも、窓にも、テイブルにも、椅子にも、台所の鏽びたフライ・パンにまで、呼びかける。

――

「マタキマシタヨ。サア、ルスノアイダノミンナノハナシヲキカシテオクレ。」

浅間山が牛乳いろの煙をかすかにあげている。近ごろ噴火はないかとたずねて見ると、木村のおじいさんは云った。――

「はい、この節はおとなしくいたしております。」
それもどこかその辺の息子の噂をする調子であった。

書きにくいことをどうにかして書こうとすると、つい苦し紛れにペンの方がお留守になって、余計なことばかり考えはじめる。

シェイクスピアがもし現代に生きていたらどんなハムレットを書いたろう。あの有名な独言の代りにどんなことをぶつぶつ云わせたろう。

またセルバンテスが今のスペインの作家であったならば、風車の代りになにに向ってあのラマンチャの騎士を挑みかからせたろう。

また紫式部が現代の日本の女流作家であったならば、どんな源氏物語を書いたろう。あの作物は彼女の住んでいた世界、見た世界、味った世界との正直な、逞《たく》ましい、遁げ隠れのない取っ組みあいではなかったか。

またその芸術的姉妹なる清少納言を昭和五六年からのわれわれの間に連れて来たら、果してどんな文学行動をしていたろう。治安維持法に引っかかり、執行猶予三年と云う風な清少納言を想像するのは、彼女の分類法に倣《なら》って「すさまじきもの」の一つでもあろうか。

「そんな山の森の中にたった独りでいらしてお怖くはございませんか。」

「いいえ、熊だって、狼だって、山猫だって、人間ほど怖くはございませんもの。」

「もう少し黙っていらっしゃい。」

時時窓から顔をだして私は叱る。誰を？　ほととぎすを。

「トウキョウ？　なにか聞いたような名前ですね。ああ、スペッツベルゲンの近くだったか知ら。」

庭前。われもこう、萩、野ぎく、女郎花、こき紫の虎のお、お燈明のような赤いがんぴ――かけすがまた遊びに来ています。

今日の買物。はしばみの実二升《しょう》（一升二十銭）、初茸百匁（十五銭）、やまめ二百五十匁（百匁六十銭）、唐もろこし六本、――ただし、唐もろこしは牧場からの貰いもの。

渓流。窓をあけると、待ちかまえた数百のわんぱく小僧が、わあーッと呼びごえをあげます。目に見えてすいて来た落葉松の珈琲いろの枝の間に、一本のねぎのように、しろじろと流れています。

来た当座は水道管の修繕で水が来ず、電燈もつかなかった。それでも旧クラブから届けて来る運び水でその方はどうにか不自由はしないが、暮れると蠟燭《ろうそく》の灯になるのは、でなくてさえ明き盲目の私には、なにより困った。太陽が入るとすぐ眠ることに極《き》めた。どうかすると夜食のあとの運動代りに謡本《うたいぼん》を引っ張りだし、うたって見る。ところが、後ジテになると殆んどみんな幽霊である。松風村雨《まつかぜむらさめ》の幽霊、清経の幽霊、六条の御息所の幽霊、通盛《みちもり》とその愛人小宰相《こざいしょう》の局の幽霊——この山の中のかすかな蠟燭の灯のもとに幽霊と友達になって暮らすのもおもしろい生活ではないだろうか。

（「山居」より）

秋ふたたび

夏休が終りに近づくに従い、高原にちらばった別荘の扉はつぎつぎに閉され、くるまは、さかんな紫外線で強壮に焦《こが》された腕や、額や、頬っぺたを、ズックの夜具づつみ・カバン・行李《こうり》とともに積みこみ、近くの高原電車の駅にむかって毎日走って行く。最後の散歩によくばって採った桔梗・女郎花・萩・とらのおなどを、大きな花束にして娘たちは抱えている。

たまたま空になった家のまえを通って見ると、露台のすみっこに白いテニス靴が片一方だけ残っていたり麻なわのきれっぱしといっしょに、スリ・キャッスルの青いあきかんが抛《ほう》ってあったりする。人気《ひとけ》が少くなって急に幅びろく、速力を加えた風がさーっと吹きぬけると、屋根の葡萄《ぶどう》のわくら葉がハラハラと散り、青いかんが空っぽのタタキにかすかに音をたててころがる。——秋だな、と強くおもう。

八月のさなかでさえ朝夕はどうかするとセルを着たりするこの高原では、早い秋が同時に仲秋の感じであった。浅間・三つ峰・吾妻屋・万座・白根と大きな殿堂のフリースのように澄み透ったさぎいろの空にくっきりと際立ち、流るる煙の影にも深い秋の色がある。薄《すすき》はすでに一面の穂になって、白いハンケチをふっている。鼻の先をかすめて啼いていたほととぎす・鶯《うぐいす》・かっこうもいつのまにか声をひそめ、ただ無数のわたり鳥がごまのように黒く群れとぶ中で、かけすだけはいつまでもあの締めつけられたような気味のわるいだみ声を森にひびかせる。

雨もしばしばおとずれて来る。夏の粗い、つぶつぶに輝く降り方とはまるで違った、しめやかに、さむざむとした、すでに山の時雨《しぐれ》であった。こんな日にはわたしはセルの上にまた毛糸の羽織まで重ね、火鉢を机のそばに引きよせて坐《すわ》った。

「きのこは要りませんか。」

めずらしい人声に出て見ると、名前はよばれず、ただきのこ爺さんで通っているやまびとである。お爺さんは背負い籠の中から肉いろの美しい初茸を、あおあおした羊歯《しだ》といっしょに新聞紙の上にならべ、やがて松茸も採れるし、栗ももって来ようというような話をしながら、汲んで出したお茶を押しいただいて飲む。もう一と月もすれば、まわりの山山は紅葉する。都人《みやこびと》こそあの燃えたついろをもてはやすものの、山に住めばそのあとにつづく雪をおもうて、山が赤くなるとあわただしくこころ細くなるのだという。

その夜はこの初茸と、下の旧クラブからとどいた鯉で、久しぶりの新鮮な贅沢な食事がとれた。九月に入ってからは駅のまえの店は殆ど閉され、御用ききも来ないので、カンヅメものばかり食べなければならなかったから。

わたしは東京の家に書き送った。

――夏のあいだ、楡の樹にかぎって採れるという、あのクリームいろのきれいなわか茸をよく売りに来たきのこ爺さんが、今日は初茸をもって来ました。山の秋はもうこれほどに深くなったのです。落葉松の枝も目に見えて黄ばみ、つめたい風のまえにこまかい葉が金粉のように散ります。やがて霜のおりるのも間もないこととおもいます。――

二三日もしないうちにその霜は、はややって来た。野生の草の生いしげるままにまかせた庭が、毎朝パン粉をふりまいたように白くなり、日ざしに溶けて行く軒のしずくは、雨だれのようにぽたぽたと音を立てた。

「お寒うございます。」

老婢は朝のあいさつをこういうようになった。

ある日、後庭から渓流をへだててのぞむ山の中腹に、一塊の、小麦いろした、輝くものを見つけた。霜にもっとも敏感な山羊歯の茂みで、これが最初の黄葉であった。いちめん青いラシャを張ったような茅《ち》がや・落葉松・楢の樹立のあいだに、この羊歯のとびとびに数をました黄葉をもって、山は金と緑のたくみな図案で織られたタペストリのごとく見えた。

山の早い黄葉はすぐ下に移って来た。河べりのつつじが、もう一度花になったようにいろづき、流の洲に密生した水草まで、そばの茎のようなあかねいろになった。クラブの番人の老人は河岸の森で見つけたといって、まっ赤にそまった紅葉を一枝もって来てくれた。まわりの山山が悉《ことごと》くその美しいいろになるのも、半月とはたたないうちのように思われた。九月の末日にわたしは立った。草津電車にそうた落葉松の森は、一帯に珈琲いろに焦げ、小瀬のあたりの深い樹林では、いち早くそまった蔦《つた》が、緋《ひ》のリボンのように、松の幹を捲《ま》いていた。こういつまでも山に残っていたことはなかったので、沿道のそうした眺めは、なにかはじめての土地を見るようなもの珍らしさをわたしに感じさせた。わたしは、みぎひだりの窓によりそい、三月ぶりに別れようとする山の秋をしみじみと眼にためた。

東京に帰って、またうすい単衣《ひとえ》をきたり、団扇《うちわ》を使ったりすると、当分はへんな気がした。わたしは埃っぽい汗と騒音の中から、ひたすら山のしずけさと清涼を懐しんだ。それでも十月の半ばを過ぎて、菊の香が高く匂うころになると、東京もやっと秋だという気がして、ぼうぼうと続く薄っ原の代り、鳶《とび》色の屋根の果しないひろがりの上に、さすがに蒼くすみ晴れた空を眺めた。たしかに秋だ。そうしてわたしには今年の二度目の秋であった。

秋

今年は山荘にも外米持参で来たが、着いて湯殿にはいると、浅間の麓《ふもと》の岩清水が水道から迸《ほとばし》りでた。物置を覗くと、木炭と薪《まき》がいっぱいつまっていた。東京ではまだ時間給水であったし、木炭は一つ一つ数えるような使い方をしていたので一寸魔法の国に来た感じであった。六月になったばかりの山はまだ寒かった。私はストーヴに薪をどんどん投げこみ、つくだ煮と玉子で自炊の晩御飯をすましてから家にハガキを書いた。『……天下の豪奢をきわめています。』

文庫の疎開

文庫が創刊されて二十五年になるとのことで、私たちが法政大学村の名によって浅間山麓の高原につくった夏の村と、ちょうど同じ年である。このことは、岩波さんが出来たてのほやほや、というより、塗ったばかりの床がまだべたべたしているところへ、家族のみなさんを引率して、御客様第一号として乗りこまれた思いでに結ばれて、私には一層なつかしい。また岩波さんが早速村の仲間入りをして下すったのもその日の訪問が契機であり、それ以来、私たちの夏と岩波さんとは切り放たれないものになった。東京ではめったにお逢いしない岩波さんに、私が毎日のように出逢ってもっとも親しい接触をつづけたのも、山荘の生活においてである。夏はいち早くひとりで出掛け、秋も遅くまで残るようになってから、或る日、長谷川如是閑《にょぜかん》さんとつれだって、渋峠を越して来たのだといって、突然見えたのも忘られない。岩波さんがどこに行っても、すぐなにか食べようといいだし、こっちはちっとも食べたくないので、こんな時はいい旅行友達ではない、とテラスでいっしょにお茶を頂きながら、長谷川さんがこぼされ、三人で大笑したものであった。
――こんな話は『文庫』からすこし反《そ》れるようであるが、必ずしもそうではない。というのは戦争になって疎開がはじまった時、終戦までの四年間、私が暮らしたのはこの山荘であり、また私たちの蔵書のうちで疎開らしい取り扱いを受けたのは「文庫」だけで、それもこの山の家の奥の八畳で安全に保管されたからである。

空襲がはげしくなり、書物の運命が気がかりになって来た時、それをどんな方法でどこに移すかは、いくらかの蔵書のある家では真剣な問題になり、また場合では家庭争議にもなりかねなかったらしい。私たちもどうかするとそれに陥りそうになったので、私はとにかく数百冊の文庫だけを、そのために拵《こしら》えた書斎とともに山荘に移す決心をした。小包も一貫目以上は出せない規則になっていたから、小箇ずつ包むにしても、★の数によっては冊数を違えなければならなかった。手伝いの女たちを相手に私は何度も包み換えたりして、とにかく有りったけの「文庫」を送りだした時にはほっとした。私のこの処置を、いかにも我意をえたりといった顔で悦んでくれたのは、岩波さんであった。そりゃいい、そりゃいい、と彼らしい感激で大きな鼻息をついた。――もちろん、東京に残した書物は悉く灰になった。

四年のあいだの山のひとり住みで、私のこころの糧というより、唯一の友だちとなってくれたのは、いうまでもなくその「文庫」である。私は時間に任せて読んだものも読み返した。読まなかったものが可なりあるのも見いだされ、それにも眼を通すことができたし、長いもので、はんぱにしてあったものも、順々にていねいに読破された。カラマゾフそっくりの物語を、三日三晩つづけて夢に見たりしたのもその影響であるが、「魔の山」を毎日読んでいた頃は、終戦のあと、乏しい食料の中でジャガイモやおとうなすばかり食べていたので、スイスのサナトリュームの、牛乳や、卵や、肉や、蜂蜜や、チーズや、おいしい珈琲の、なんとも素破らしい四度の食事が羨望されたのを今でも覚えている。

「ヘンリ・ライクロフトの私記」で、ギッシングがどこに移る時にも鞄に入れて持って行き度《た》い書物としてあげているものはそう沢山ではない。私もこの「文庫」の疎開の経験からそれに同感を表するものであるが、それなら日本でなにを択《えら》ぶべきかを問われたら、私は即座にどうぞ私のしたことにお倣《なら》いなさい、と返事したい。

疎開の「文庫」はまだそのままで、半年は東京に住むようになった私をおとなしく待っていてくれる。山の生活では原始人のようにアニミスチックになる私は、戻って行くとまずホールの卓や椅子や、ストーヴにほんとうに生命のある友だちのように投げかける挨拶を、この書棚にも忘れない。はい、やっと帰って来ましたよ。

東京でちょっと不自由することがあっても彼らを敢えて連れ戻そうとしないのは、第三次戦争に備えているわけではないのを、最後に断っておこう。

野上彌生子 Ⅱ 作家の思い出

野枝さんのこと

＊野枝《のえ》さんについて何か話せと云うことで、お引受はしたけれども、ほんとうを申すと、私たちのおつき合いは時日の上では決して長い間ではありませんでした。あの方の最初の結婚生活の恐らく後半と思われる頃から、それを破って大杉氏のところへ行かれるまでのほんの二三年間に過ぎなかったので、それ以前、もしくばそれ以後の野枝さんについては、私は何《な》んにもお話する資格のないことをお断りいたしておきます。

もう十年からになります。その頃染井に住んでおりました私どもの家のすぐ後に、いつも上手な三味線や尺八のねがして、陽気な笑声にみち、いかにも楽しそうに暮らしている一軒の家がありました。また丁度《ちょうど》その時分平塚さんが重《おも》になって出していらした『青鞜《せいとう》』の用事で、ちょいちょい私の玄関まで来てくれる若い小柄な女学生風の人がありました。この人の顔は独得でした。私は一と目見てジプシーの娘を聯想しました。笑顔がひどくチャーミングでした。校正の時なぞは、朝夕取りに来て貰ってお気の毒ですから、郵便で送りましょうと云うと、構いませんすぐ近所にいますから、と云う返事でした。おや、さようですか、とは云ったけれども、それっきりで、話の下手な私はどこに住んでいるかと云うようなことを気軽に聞き出すことも出来ませんでした。当分は名前さえ知りませんでした。それ故ずっと後になって、その人の家が近所も近所、つい竹垣一重のいつも賑やかな鳴物のしている裏の家だと分った時には吃驚《びっくり》しました。――云うまでもなくその人が野枝さんであり、その家が野枝さんの最初の結婚生活の暖かい巣なのでした。そうして尺八はおつれあいのT氏、三味線はそのお母様、家族としては他にT氏のお妹さんで下町風な美しいおつねちゃんと云う方と、その御主人が御一緒のようでした。

しかし斯《こ》んな家族関係が少しでも分ったのは、野枝さんが最初の赤さんを抱いて、丸髷《まるまげ》なぞに結《ゆ》って表に出るようになってからのことでした。（野枝さんの丸髷は大層よく似合いました。小意気なおかみさんと云う様子になりました。これはみんなおぐし上げの上手なT氏のお母様が結っておあげになるのでした。）丁度その頃は私も小さい赤ん坊をもっていましたので、若い母親同士の同情と理解並びに忙しい育児や家事の間にも尚《なお》勉強だけは怠るまいとするような共通の努力が、私たちを急に親密にいたしました。お家の方ともに自然お心安くいたしました。T氏はもとより皆さんがめいめい独自の世界を持っていて、決して侵し合わないで、さばけた、ごく自由なお宅のようでした。野枝さんの家庭生活は、物質的の不足を除いては、呑気で楽しそうに見えました。

今から思うと、私たちのあの頃のつき合い方は、卒直で何等の虚飾のない気持のよいものであったと思います。私の家には低い茨《いばら》の垣根で囲まれた小さい前庭がありました。T氏の家はその庭にそって右に曲った小路の奥になっていたので、野枝さんと私はよく低い茨の垣根を中にして、小路と庭とで話しました。二人とも手襷《たすき》がけのままで。でなければ野枝さんは赤ん坊をおんぶしているし、私はまた庭箒木《にわぼうき》を手にしていると云う風で。何をそんなにおしゃべりすることがあったか。読んだもの、また読み度いと思うものの話がおもでした。私はその頃訳していたソーニャ・コヴァレフスカヤの自叙伝について話してあげたと思います。ひいて一八五〇年代のロシアの若い婦人たちの解放運動のこともよく話題に上りました。野枝さんは、それと同一の思潮で、日本の女権問題の啓蒙運動であったその当時の青鞜社の仕事のことなぞをよく話しました。野枝さんはその雑誌を苗床《なえどこ》にして育ちつつあったような人でしたから、単に一寄稿家に過ぎなかった私なぞよりは内部のこともよく知っており、お仲間の若い婦人たちも多かったので、私はめいめい面白い個性をもっているらしいその人たちの噂話を興味をもって聞きました。でも忌憚《きたん》なく云うと、その頃の野枝さんの世界は、知識的にはまだひどく幼稚で単純でした。（尤《もつと》も年から云えば非常に早熟ではあったけれども。）他愛のない女学校の話なぞを、さも重大な出来事のように何度も聞かされたのを覚えています。

その内に私どもの家は十間ほど北寄りの奥まった二階家へ移りましたが、その家はまわりが広くて前庭の一隅に三軒の借家が並んでおり、その中央の一軒が丁度T氏の家になっている位置の関係からその引越しは私たちの間を一層近づけ、野枝さんの生活——それは物質的にもずっと苦しくなり、且《かつ》精神的には、最初の甘美な夢からさめかけた妻の必然に味わなければならない痛みを感じ始めていた——をも、朝夕目の前に見ることになりました。ただ見ていた。実際私はじっと眺めていただけでありました。野枝さんは家の中の面倒な事情や、自分の苦しい心持や、また貧乏の不平なぞは一度も口に上せたことはありませんでしたし（今思っても野枝さんのその態度は大層立派でした）、私もその点には決して触れませんでしたから。徹底的な救助の出来ない以上、みだりに他人の生活に立ち入るのはいけないと私は信じていたのでした。私のこの態度は、最後に大杉氏との問題について野枝さんから打ち明け話のあった瞬間まで変りませんでした。

しかし黙って一人で苦しんでいられたこの期間の野枝さんが、私には最もなつかしい野枝さんとして思い出されます。もしこの間の野枝さんを見なかったら、私のあの方に対する友情は、ずっと違ったものになっていたでしょう。それ程私はよい感銘を受けたのでした。実によく忍び、よく働いていられました。頼むべき人が頼みにならなければ、自分の手で運命を切り開いて行こうとする健気《けなげ》な気魄《きはく》に充ちていました。同時にお子さんに対してはよいお母さんであり、T氏に対してもまだ十分忠実な妻であり、また弟子であったと信じます。寧《むし》ろ余りに弟子になり過ぎ、感化され過ぎていたのを惜しみます。何故なれば、

T氏のあの変な虚無主義や自由主義や、極端にデカダンな生き方は、野枝さんによい影響のみは与えなかったと思いますから。それはあの単純な熱情家の弟子の道念を、知らず知らず蝕《むしば》ました恨みはなかったか。怖ろしい最後の誘惑に面した時、野枝さんがどこまでもそれと戦おうとしないで、無造作に家や、夫や、子供を捨て得たのも、勿論他に多くの理由はあったにもせよ、平生T氏から得ていたものが遠因になりはしなかったか。この意味から少しの詭弁《きべん》が許されるなら、野枝さんの最初の結婚の不幸な結末は、T氏も一半の責任を負うべきだと思います。

大杉氏とのことが起ったのは野枝さんがもう小石川の方へ引き越された後でしたから、この過程については私は何んにも存じません。ただ、たった一度その家をお訪ねした時(二度目の赤さんに産着《うぶぎ》を持って行ってあげたのだと記憶します)、野枝さんのいた小部屋の机の上に大杉氏の訳した『相互扶助論』がおいてあったのを覚えています。発売禁止だけれども借りているのだとか云いました。でも誰から借りたのか私は聞こうともしなかったし、野枝さんも黙っていました。

その頃野枝さんは平塚さんから『青鞜』を受けついでそれを出していたし、書くものや名前も社会的に注目されかけた時でしたから、どうか岐路へそれないで、真面目な成長を遂げてほしい、と私は心からそれを気遣っておりました。今までのように朝夕出逢うわけではないのですから、原稿なぞを送る序《つい》でに、よく忠告や激励の言葉を書き添えました。

野枝さんの返事も大変真実のこもった手紙でした。（あの人は一体に手紙上手だったと思います。字もたっぷりしたよい字でした。）そうして一度ゆっくりお話したいことがあるのだけれどもと、云うようなことがよく書いてありました。そのくせ訪ねて来てもそのことには触れないで帰って行きました。日に何遍も手襷《たすき》がけで庭口から飛び込んだ野枝さん、貧乏しながら明るく快活に笑っていた野枝さんとは、なんだか違って見えました。あの人の特長の活《い》き活きした点が、来る度に失われていました。私は野枝さんの心がひどく悩んでいるのを感じました。しかし私はそれはT氏との間に早晩起るべきものと予想された苦しい破綻が来たのだとばかり考え、その間に野枝さんの新しい恋愛問題が縺《もつ》れていようなどとは夢にも思いませんでした。

丁度大正五年の三月であったと思います。一夜私のうちでは謡会《うたいかい》があって、お客様が大勢いらしてごたごたしていた時に、玄関にまた人の声がしました。どなたか会の方が後《おく》れていらしたのだと思って出て見ると、うす暗い格子戸の前にもう幾月も姿を見せなかった野枝さんが、二番目のお子さんをおんぶしてしょんぼりと立っていたので、私は吃驚したのを今でもはっきり覚えています。大杉氏とのことについて相談を受けたのはその晩でした。私はもとより大杉氏のことは何んにも存じません。しかしすべての話から察して、野枝さんの心がその時最も飢えていたものを以《も》って現われた人らしく思われました。野枝さんは神近《かみちか》さんとの交情についてもよく知っておりました。また前に一寸《ちよつと》耳にしたことのある、T氏と野枝さんのお従妹さんとかの間のことも聞かされました。苦しい話ばかりでした。T氏は野枝さんとの隔たりの埋め難いことを見て、既にすべての自由を許したとの事でした。

「それであなたはどうしようと仰《おっ》しゃるの。」

野枝さんはその一点に苦しみ迷っていられたのでした。私は申しました。あなたがT氏との生活を築き直そうとしてどんなに努力したかは十分知っているつもりだから、それが失敗に終って自分の持場を去ろうとするには異議はない。しかしその儘《まま》大杉氏のところへ行くことだけは考えなければならないと思う。殊に神近さんのような、間にはさまっている他の異性があるとすれば、非常に面倒な苦しい関係になりはしないか。それよりもこの機会を利用して、一二年みっちり勉強することをお勧めしたい。——「時」が一番よい判断を与えてくれると思う。その上で矢張り大杉氏のところへ行くべきものであるなら立派に行くがよかろうし、又どんな事で、今は消滅したと信じているあなたの古い愛が芽を出して、T氏やお子さんたちの許へ帰ることにならないとも限らない。それなら尚結構ではないか。それ故どうか慎重な態度を取って欲しい。及ばずながらその間の生活費位はどうにでもしようではありませんか。私はそんな話までしました。野枝さんはそれが一番よい方法だと思うと同意しました。そうして抱いているお子さんの上に大きな涙をぽたぽた流しているのを見ると、私も一緒に悲しくなりました。どうにかしてこの年下の友達をよくしてあげたいと思う気で一杯でした。私はお客の中を家の外まで送って出て、少し行った四つ角で別れました。——これが今から思うと、野枝さんとの永久のお別れでした。

私たちはその後一度も出逢う機会がなくてすんだのでした。野枝さんは私の忠告を無視した点で疚《やま》しかったでしょうし、私自身にしても、あれほど云ったのにと思わないではありませんでした。殊に間もなく葉山の事件が起きた時には、それ見たことかと腹立たしさをさえ感じました。あの忠告を半分でも用いてくれたら、神近さんをもあんなお気の毒な羽目に陥れなくもすんだであろうし、すべてがもっと立派に処理された筈だと考えると返す返す残念でした。しかし私はよい悪いの噂を聞くにつけても、この古い友達を忘れることは出来ませんでした。野枝さんが書くものなどの中で、よく染井時代の友情を懐しく思い出しているらしいのを読んだりすると、あの低い茨の垣根から笑いかけて来た元気のよい顔を見るような気がしました。どうか幸福でいてくれるように、私は遠くから祈っておりました。昨年の春であったと思います。私たちは或る機会に一度何年ぶりかで手紙の往復をしました。野枝さんはいつもの情味のこもった長い手紙でいろいろ書いて来ました。人間は本質的にそう変るものではありません。私はあの頃と何んにも変ってはおりません。——そんなことも書いてありました。それから、また考えると今直ぐにも訪ねて行き度い気がするけれども、私のためにあなたの静かな生活を乱すことを思うと気が引けて行かれません。私には尾行などがついているものですから。——と云う意味を書いて、何処かで偶然の機会で逢えるのを待っているとありました。

しかしどんな偶然も決してこの地球上では私たちを出逢わせはしないと云うことを知った時の私の驚きと悲しみを、想像して下さい。あの人に何の罪がありましょう。あの人の社会主義かぶれなぞ、私の信ずるところが間違っていなければ、百姓の妻が夫について畑の仕事に出ると同程度のものに過ぎないと思います。もし大杉氏が貴族か金持であったら、悦《よろこ》んで貴族や金持の生活もしたでしょう。――これは決して野枝さんを軽蔑しての意味ではなく、それ程にあの人は愛する人の世界に身を打ちはめて行ける人だと申すのです。あの人の一番美しいのはこの点ではなかったか。ただそれだけの可愛い単純な女性が、何故生かしてはおかれなかったろうと思うと、可哀想でなりません。

＊一六四ページ。伊藤野枝（一八九五―一九二三）は「青鞜」に参加した女性解放運動家。（編集部注）

芥川さんに死を勧めた話

咲きかけた花に、その日も強いほこり風が吹いていた。

台所でおひるの煮ものの加減を見ていると、勝手口の戸があいた。用ききの者でも来たのだとおもい、お菜箸をもったまま中の口の障子から覗いて見たら、黒い書生マントに、黒の帽子だ。おや。私は遠見のきかない眼をすがめた。よこ風が長身のマントの裾《すそ》をあおった。やせた、青白い手で、飛ばないように帽子をおさえた。珍しい、こんなところから

芥川さんが。

私は障子を引きあけて膝をついた。――どうぞ、あちらから。

表があかない、芥川さんが答えるのを半分聞かないで、くぐりの戸をよく開け忘れる女中があわてて開けに行った。

うすい肩で、長いマントをやっと支えた、ビアズリの画の人間のような恰好で、ほそぼそと、前こごみに表口へ引き返した後姿を、今でもはっきり思い出すことが出来る。

その日は夫もひまであったので芥川さんは長話をした。彼は心身の衰えを嘆いた。話の間でも人の名前を容易に思い出せなかったりした。こういうことはこれまでの芥川さんには見ないことであった。どうも頭が悪くて、何度もそう云い、はたきのような長い髪毛をかぶった頭を傾けた。

家に関する内輪話を聞かされたのも、その時がはじめてであった。年寄を幾人も抱えて大抵ではないと云う愚痴も出た。しかし彼のような行き方をしている文人なら、貧乏をするのはむしろ当然だ、と云う結論を私たちはした。それが厭《いや》なら、菊池さんのように勇敢にやって行くまでだし、——

その時私は云った。

——芥川さん、そんなにお金が欲しければ、大いに儲かる方法を教えてあげましょうか。

——何です。

——あなたがお亡くなりになるのよ。自殺ならなお結構ですわ。そうして、全集の印税がどっさり入った頃を見はからって生き返るのよ。旨い方法でしょう。

芥川さんは凄く冴えた眼で、にやにやした。それは自分でも考えて見たことだと云った。

——しかし全集を出すにしたところで、僕のは短いものばかしですからね、書簡集を入れても四巻とはならないらしいから悲観してるんです。

いくら四巻でも死にさえすれば、その四巻が彼を金持にするに相違ないと私は主張した。

——うちでも、その時には予約に入ってあげますわ。ねえ。

私が笑い笑い夫の同意を求めると、夫は云った。

——そうだな、芥川君のなら買ってもいい。

芥川さんは同じくにやにやした眼で、額の毛を掻きあげた。

——それじゃ、ひとつ思いきって死ぬんですね。

三月のほこり風に鳴る硝子《ガラス》戸の中で、私たちはこの冗談をおもしろがった。

十数カ月の後、彼がほんとうに死をえらんだ時、いちばんに私を打ったのはその日のことであった。死が長い計画で、思索で、いくらか享楽でさえあった彼が、死後の全集の装幀や組方まで指定してあったと伝えられる彼が、丁度あんな笑話をした頃、全集が何巻ぐらいになるかを考えて見なかったと云えるだろうか。書簡集を入れても四巻？　それは彼の元気のよい時分の話にちょいちょい交った詩的ちゃら、、、、っぽこであったろうか。——どうか、そうであったことを私はむしろ望む。

とにかく、私たちは彼とのその日の約束を忠実に守った。彼の全集は、漱石、子規、鷗外に隣して、二階の書棚に並んでいる。

夏目先生の思い出——修善寺にて——

先生のことは、一高の時から教わっていた野上にたえず噂を聞いていたので、まだ書いたものを見て頂かないまえから、わたしにも先生のような気がしていた。はじめて見て頂いたのは『縁《えにし》』と云う、その頃『ほととぎす』を中心としてはやっていた写生文風の短いものであったが先生はそれを褒《ほ》めて下すったので、虚子《きょし》さんが雑誌に載せてくれた。云わばこれがわたしのささやかな文壇的デブューになったわけである。しかしわたしには文壇への野心というようなものは少かった。わたしはただその後もなにか出来ると見て頂いていた先生から、これでよいと云われることが最上の名誉であり、満足であった。同時に世間からどんなに喝采されようとも、先生に否定されるようなものなら恥かしいと思った。そんなものは決して書いてはならない。況《いわ》んや金のために。——わたしは自分でどうしても書きたいと思うものでなかったら、一行も書くまいとさえ決心していた。今の若い人達は不思議がるかも知れないような、この窮屈な潔癖がつねにわたしを支配していたのは、読んで頂く人として先生をいつも一番に頭に入れていたからであった。

今から考えると、先生もあの忙しいお仕事の中で、わたしの書いたものなぞよくこそ目を通して下すった、とほんとうに有り難い気がするのであるが、それでわたしはお礼の顔出しをすると云うようなことさえしなかったのであった。なにか新らしいものが出来ると、木曜会の時に野上がもって行ってくれた。わたしはあれほどいろいろな人を引きつけていた木曜日の会に一度も行こうとはしなかった。行って見たい気が時にはしないこともなかったが、行って自分のようなものがなにを話すことがあろう、と考えると恥かしく気がひけた。これはほかの対人関係においても、わたしがいつも感じさせられる田舎ものらしい臆病で、それが先生の場合には一そう強くわたしを縛りつけたのであった。それに、当時の先生は訪問客にはうんざりしていられることを知っていたので、わたしまで出かけてその上先生を疲らせなくとも、そんな暇に書物の一ペイジも読んだり、子供の世話でもよくしてやれば、先生にはその方がお気に入るのだと信じていた。ひとつは野上から木曜会の度に、今夜は誰がどんな話をしてどんな議論が出て、また先生がどう仰しゃったと云うようなことまで委《くわ》しく聞かされたので、行かなくとも大抵の話題や、出来事は知っていた。そんな事情で、あれほど長いあいだ親切にして頂いた先生に、わたしは五六度とはお目にかからなかったような気がする。またお目にかかっても、書いたものの話などはわたしは一度もしたことはなかった。そんなことを事事しく口にするのがなにか恥かしく、黙っていても先生にはこちらでわかって貰いたいと思うことはわかっていてくれるのだと云う気がしていた。だから殆んどだんまりで、時時、ぽつん、ぽつんとなにか云って見て、腋《わき》の下に汗をにじませて、急いで帰って来た。

そのわたしが、或る時奇妙なことを考えついた。それはまだほんの五つか六つにしかならなかった長男のSに、一度先生を見せておきたいと思いついたのであった。なにからそんな突飛なことを決心したのかわたしにもよく覚えないのであるが、なにか少年のスコットかなんかが、世界の偉大な人としてナポレオンに逢わされたと云うようなことを読んだのが原因であったらしい。(このスコットというのも年代的に怪しいのであるが。)それで秋のある美しい午前、わたしは小さい息子をつれ、染井のうちから早稲田南町のお宅まで出かけた。あなたが今日お目にかかる人のことを一生忘れないでいらっしゃい、と云うようなことをくるまの上でい聞かせながら。——

先生は二間つづきになった書斎の、赤い支那絨氈《じゆうたん》を敷いた方の部屋で、あの有名な短い前掛のまま逢って下すった。わたしはその小さい息子に偉大なひとを記憶させたいために連れて来た、と云うような仰山《ぎようさん》らしいことは真逆《まさか》に云えなかったから、先生から訊かれた時、早稲田の下宿に弟を訪ねて来たついでにお邪魔したのだと答えた。それも嘘ではなかった。わたしたちは先生のところからその下宿に廻り、三人で雑司ケ谷の雀焼きを食べに行く手筈《てはず》になっていたのであった。先生は子供の名前と年齢をたずねてくだすった。子供はそれにちゃんと返事が出来た。ところが子供が帽子をかぶったままで済まして坐っているのが先生の注意をひいた。先生はなぜ帽子をとらないのかときいた。わたしは、この帽子がひどく気に入って、部屋の中でも決してとらないのだと話したら、先生ははっはっとおもしろそうに笑った。葡萄いろの、同じ紐飾りのついた、びろうどの帽子であった。この息子の帽子は、先生がお亡くなりになったあとまで残っていたので、それを見るとあの美しい秋晴れの日の、機嫌のよかった先生を思い浮べ、当分涙がさしぐんだ。思えばこれがわたしの先生にお目にかかった最後であったようである。

いま一つの思い出は、それと反対に、先生の鋭い神経がぐいと突きささっているような感じで、いまだに強くわたしに残っている。それはわたしがバルフィンチの『伝説の時代』を訳した時のことであったが、先生に長い序文を頂いたので、ほんのお礼ごころになにかさし上げたいと思い、謡本の箱をえらんだ。両側に本が入るように中が縦にしきられ、一枚の蓋《ふた》で蔽《おお》うようになったあの式の箱である。先生は、よいものを貰ったと悦ばれ、白木の桐の地肌をなぜたり、蓋についた燻銅の金具をいじったりしているうちに、箱の上についた一二点のかすかなしみにふと眼をとめ、これは何がついたのだろうかと云いだした。わたしにも云われてはじめて気のついた後のしみであり、勿論わんやから買った時にはそんなものは決してなかったのであった。ただ想像されるのは、その日は夏の暑い午後であったので、車夫がわたしの膝から玄関まで運んだあいだに、汗がおちたのでもあろうか、と云うことであった。風呂敷には包んであったのではあるが、箱にはすこし狭すぎて、結び目のところがあいていた。しみは丁度その辺についていたのである。

先生の曇った額には、人があまたらしい畳にインクをこぼしたり、大事な着物に焼け焦げを拵《こしら》えた時に見せるような、遺憾らしい苛立たしさがあった。そうしてわたしの車夫の話にもむっと黙った儘で、眉をよせ、眼を厳しくして一生懸命袖口でそのしみをこすった。ほんの黄いろっぽいと云うだけの、気をつけなければ眼にもつかない位の、一二点の砂粒ほどのかすかなしみを。——わたしの若いこころは、何か重大な申し開きのつかない過失でも犯したような怖れで縮みあがった。

まえではそれほど臆病に小さくなっていた癖に、それでも先生はどんなわが儘でも聴いて下さる方であり、また一生の大事と云うような場合には飛びこめば手をひろげて下さるのだと信じ、甘えていた。この気持は言葉には出せなかったが、筆にはそれよりはらくに表現された。先生が大学をいよいよ引退されて、あの虞美人草を書くまえに京都に入らした時、お土産に京人形をおねだりする手紙を出したのも、云わばそんな甘ったれからであった。帰京されて野上宛に頂いた手紙の末に、『京人形も買つて参り候』とあって、木曜会の時、頂いて来てくれた。わたしは嬉しさで夢中になった。それは二寸足らずの両方の耳の上に鬢《びん》の毛をつけた小さいお人形で、友禅の着物に金茶の帯を竪やにしめている。正直に値ぶみすればそれは屹度あんまり高いお人形ではない。しかしわたしは先生がふと思い出して、通りがかりに一円か一円二三十銭を出してわたしのためにその小さい人形を買って下すったことに、どんな高価なお土産を頂いたよりも親しい有り難さを感じた。このお人形は今でも書棚のガラス戸の中に飾られ、わたしに取っては思いでの深い先生の記念品となっている。

先生の謡をはじめて聴いた時のことも、ちょっと滑稽な間違いがあって、いまだによく覚えている。それはなにかの用事で、夜めずらしくお訪ねした時のことであった。今から考えるとその用事は女中かなんかのことで、奥様の方をお訪ねしたのであったと思う。お座敷で待っているうちに、書斎の方で謡がはじまった。それは『清経』で、ワキの家来の粟津三郎が柳ケ浦で投身した清経の形見をもって、京都に残されていたその愛人のもとへとどけに行った場面のところで、ツレなる愛人が形見を手にしつつ、思いのほかなる自殺を悲しみ嘆く一節である。その哀怨に充ちた、それで、如何にもうるわしく、幽玄に、なにか燻《いぶ》し銀のような謡いぶりが、わたしをびっくりさせた。先生がこんなに素晴しい謡をうたわれようとは。——実際それは先生の作物と劣らないほどまで魅力的であった。わたしは感動し、涙ぐましくなるような陶酔で聴き入った。そのうちに声がやんだ。と思った後から、めえーッと山羊の鳴くような、甘っぽい、いかにも素人らしい、間延びのした謡が続いた。わたしは二度びっくりで、きょとんとし、何か大変な間違いでもしたように、ひとりで赤くなった。わたしはその晩宝生さんの代稽古に来ていらしたあの名人の尾上始《もと》その後わたしが稽古をはじめた時、宝生さんに就《つ》かないで尾上さんをわざとえらんだのは、その晩の『清経』がいつまでも忘られなかったからだと云ってもよい。そうしてまたわたしに謡のおもしろさ、むしろ日本語の真の美しさを教えてくれたのは、尾上先生の十年のお稽古の賜物だと信じている。

試験がすんで遊びに来た三男と、丁度そのまえの晩から来ていたSさんと三人で、この間はじめて先生の記念碑を見に行った。医者から転地をすすめられた時、一番にこの土地のことをこころに浮べたのも一つは先生の思い出からであったし、写真でのみしか知らない記念碑も早く行って見たかったのであるが、温泉の町から二十数町も離れている公園まで歩くほど、来た当座のわたしは健康ではなかった。

その日は美しく晴れながら、底に一脈のぴいんとしたものをもって、いかにも早春らしく、寒くもないが暖くもないと云う日であった。わたしたちは宿で教えられた通り郵便局から左へ、『達磨山《だるまやま》ハイキング登山路』と書いた白いペンキ塗りの大きな道標について曲った。桂川でまん中を貫かれて窮屈にちぢこまっている町の道路よりも、却って広いくらいの明るい一本路が、爪さき上りに、だんだん山の方へわたしたちを導いた。片側には、青っぽい砂岩で新らしく深い溝が築かれ、きれいな水が音を立てて流れていた。その上の小さい段段畑には、麦が活き活きした緑の直線を並べていた。梅もところどころに見出されていた。半分散りかけて、薄赤い萼《がく》だけになっているのも、この透明な日光の中では却って美しかった。三町か四町も歩くと、右か左かの路ばたに恰度《ちょうど》弘法大師の像を線だけで彫った半畳ぐらいの石の碑があって、何十何番と札所の番号が示してあった。しかしこれはどれも古いものではなく、ほんの近ごろ建てたものに相違なかった。そう云えばそのひろい路も新らしく拵えたか、拡げたものらしく、まだ落ちつかない灰色の土に、自動車の轍《わだち》のあとが二筋、やげんの底のようについてその儘こちこちに硬《こわ》ばっているので、ひどく歩きにくかった。

麦畑がつきてからは、両方に低い枯芝山がつづき、水も右手の麓のまばらな林を抜けたり、わずかに蓬《よもぎ》の萌えはじめている草の岸に沿うたり、小さい谷川の景色になってしずかに流れていた。わたしたちの外《ほか》には誰も通らなかった。しーんとしてなにか十里も山を分けて来た感じである。わたしたちは修禅寺の門前で一つ二銭で十買って来た蜜柑を、歩きながらむいて食べた。捨てた蜜柑の皮が、淋しい空虚な山路にかすかに人間的なものを残した。

やがて路が二股に別れ、これも新しい白木の道標に、『左公園ヲヘテ戸田ニ至ル』とあった。ではこれが息子たちの学校の水泳場の入江に通じているのかと思うと、なにか急にその路に親愛が加わった。Yちゃん、Yちゃん、これがお兄さんたちの、――わたしは三男に呼びかけようとしたが、十八の息子はひとり先に立ってぐんぐん行ってしまって姿も見えなかった。それからまた七八町も歩くと路ばたに藁屋根が一軒あって、荷馬車がおいてあり、頰かむりの馬車曳きが、まえの谷川が澱《よど》んで浅い池になった岸ばたに切りだしてある丸太を積みこんでいた。わたしは漱石先生の記念碑のある公園はもう近いのであろうかとたずねて見た。すると公園はその家から曲ったところだと教えてくれ、さっきの若い衆もきいて行ったと答えた。その若い衆がSさんとわたしを面白がらせた。わたしたちは藁屋根のうしろに白く群がった数株の梅について、円い芝山の路に折れながら、時時、おうい、若い衆さんと、もうどこへ行ってしまったのかわからない息子の見えない影に向って呼びかけ、そうして笑った。それは彼がつねにもっている代名詞よりはずっと野生的に、健康らしく、生気があるようで、ことにそんな山路では一そう似合わしい呼び方のように感じられたのであった。

下萌えの草の青みをほのかに漂わしていても、一体の見た目はまだ白茶っぽい、なにか獣の粗い毛肌のような枯芝山には、ところどころに低い松と蕾《つぼみ》の桜があるだけで記念碑らしいものはどこにも見当らなかった。わたしたちは可なり急になった斜面を熱心に登った。上にあがりさえすれば屹度見つかるに相違ない。——しかし登りきると、まず素晴らしい眺望がわたしたちを捕えた。道標にしるされていた達磨山を正面にして、箱根の連山から、甲州、駿河にかけての山嶽が幾重にも重なりあい、さまざまな刻みのついた、壮大な環になってそこにあった。富士の白い帽子が聳《そび》えているあたりと思われる空が、銀灰いろの雲にぼかされていたのは残念であったが、低い、袖屏風のような山にとり囲まれた湯の町からは、思いもよらない景色であったので、その広闊《こうかつ》な、晴れ晴れした眺めが、一そうわたしたちを楽しませたのであった。それにしても記念碑は。――裏の深い渓《たに》をへだてて突屹と立った山に向いて、千年の老松が枝を張っていた。あの松のあたりかも知れないと思って行って見ると、れいの弘法大師の碑があり、松には『大師の松』と云う立札があった。わたしたちはまた大きな声で、見えない若い衆を呼び立てた。Yちゃん、先生の記念碑はどちらです。――返事がなかった。明るい、乾いた日光が、枯芝の斜面になにか寂莫とひろがっていた。ほんとうにどこへ行っちまったのでしょう。わたしは少し小言めいた調子になって立っていると、やがて路のない向うの斜面から、上衣をぬぎ、鼠いろのスエタになった三男が、大胯《おおまた》に駈けて来た。記念碑はもっとこっちだ、待ってもあんまり来ないから、奥の河の見えるところまで行って来たのだと云いながら。

先生の記念碑は丁度その斜面の上のまばらな松の間で、富士をもった最も美しい眺望に面して立っていた。

仰臥人如唖　　黙然看大空

大空雲不動　　終日杳相同

高い高い石の碑面に、二行に彫られてある詩は、云うまでもなく先生がこの修善寺で大患にかかられた時の作である。わたしは分らない字があると云うYのために小さい声で読んでやった。それから周りに十ばかりおいてある焼物の円い腰掛にかけて、残りの蜜柑を三人で分けてたべた。その果物の味に似た甘酸っぱい悲しみが、その時わたしのこころの底にあった。わたしは今ならあれほど臆病にならないで、何でも先生に話されそうな気がした。そうしてまた今ほど先生に聞いて頂きたいことを多くもっている時はなかった。ほんとうに先生さえいらしたら。――わたしは黙った冷たい石を眺め、その上の青い空を、その上の白い雲を、先生が御病気の床から呆然と眺めたものを眺め、何度も考えたことを考えた。一昨年の暮からわたしたちの身辺に捲《ま》きおこされた愚かなさわぎのことをふと思いだしたのであった。

宮本百合子さんを憶う

宮本さんの亡くなられたのを、私はその日の夜まで知らなかった。寒いあいだは殊に殆んど外出しないのに、余儀ないことで午前から出掛けて、暮れてからやっと帰宅すると、思いがけない悲しい訃音《ふいん》が待ちうけていた。二時ごろ中野さんの電話で息子たちも驚ろき、出先きへ聯絡をとろうとしたが、出来なかった、と済まなさそうに彼らは報告するのであった。私は、コートも脱がないで暗然としてホールに立ったまま、すぐ駈けつけることを思った。しかし、昨年の早春の不幸以来、私は眼をひどく悪くしてしまったので、息子たちは夜はひとり歩きはさせまいとしており、ことに午後の強い風が収まらない寒夜に、もう一度外出することの心配を述べた。どうしても気がすまなければ、三男が宮本家の玄関まで代人で行こうというので、それはとどめ、私も中止した。形式的なことは、少くとも百合子さんと私のあいだにおいては、こんな厳粛な場合ほどする必要はなかった。私は寝室にはいってひとりで泣いた。丁度十一ヶ月まえ、夫が亡くなった時にしたように。

明くる日、新宿から乗ったタクシで駒込へ急いだ私は、喪服で、手向けの花を三男に抱えさせていながら、百合子さんはまだ無事で、私の珍しい訪問を悦んで待ってくれているような気がしてならなかった。暮れに『婦人公論』の企てで何年ぶりかで顔をあわせた時、またそのうち逢おう、彼女も成城の家へ泊まりがけに来よう、と約束してあったから。しかし彼女はいつもの二階に、小豆いろの着物に、細かい紅入りの友禅の羽織に蔽われ、永久にものいわぬ人になって横《よこた》わっていた。そばに侍していられた令弟の国男さんの言葉によれば、風邪ではあったが別に熱もなくて前日まで校正などしており、夜半の急変の際もそれっきりになるとは御自分でも意識しなかったらしく、お家の方たちも意外であったとのこと故、一瞬の死であったと見える。こうした臨終は夫の亡くなった時から、私にはもっとも望ましい最期と思われていたので、その点から百合子さんの刹那《せつな》の死は羨やましい。ただ直接的な死因は紫斑病というのだそうで、そのためか淡く化粧はされていたが、彼女の著しい特長であるひろい立派な額から、顔のあたりに紫っぽい翳《かげ》が漂い、いくらか膨れ気味で、それでいてどことなく硬ばったところがあり、やっぱり瞬間はずいぶん苦しかったのであろう、と可哀そうでならなかった。枕頭《ちんとう》の小机には夥《おびただ》しい著作集が積みたてられ、カーネーション、チューリップ、百合花などの花が色とりどりに飾られていて、抹香くさいものがみじんないのも、百合子さんの死の床にはふさわしかった。

顕治氏には初対面であった。あれほど長いあいだの友だちの愛人であり、夫である人を彼女の死によってはじめて見るというのは、一般的には奇妙なことであろうが、対人関係にはひどく風変りに暮らしている私としては、また顕治さんの十何年もの社会からの隔絶からすれば、むしろ自然でもある。しかし彼がどんなふうな方であるだろうか、ということは、百合子さんと湯浅芳子さんの数年にわたる共同生活をよく知っており、またそれが破られたのは、他にも原因はあるにしろ、氏の出現が直接の誘いになった顛末にも通じていただけ、深い興味があった。しかし正直にいえば、顕治氏は私が漠然ともっていたイメージよりはずっと粗く、強く、逞ましかった。あのひとにゴム長を穿《は》かせ、革のジャンパーを着せて見たい。私は共産党の有力な闘士なんて人を従来眼にしたことがないので、すこしびっくりしたのかも知れない。しかし思えば、通念的な文化人とはおおよそ違った野性のぴちぴちしたところが、ロシアから身うちに燃えさかるものを持って帰った百合子さんには、一層魅力的であったのであろう。

『風知草』が一世の賞讃になっていた時、私はまだ山の家でひとり暮らしていた。私はそこから手紙を書いて彼女の成功を祝するとともに、いささか不平をいった。それはあの中の主人公に対する「甘やかし」に就いてである。読者の皆さんも多分覚えていられると思うが、久しい拘禁生活から帰った若い夫が妻にむかい、お前には後家のがんばりというようなところがありはしないか、というと、妻はそれほどこころの硬い女に見えるかを悲しんで涙を流す。一般には、そこが大に受けたらしい。宮本百合子ほどの偉い女性が——人人は『風知草』の女主人を作者自らとしており、またあの作品ではそれに相違ない——夫に対してはなんと優しく、しおらしいだろう。これが彼らの共鳴である。しかし私の注文としては、その時その妻にこう答えてもらいたかった。わたしに後家のがんばりがなくて、今日まで生きて、あなたにめぐり逢えたとおもって。——この言葉は決して妻のこころの硬さを示すものではない。むしろ当然の返事で、愛情のみでなく、同じ進歩的な思想で結ばれ、愛しあうとともに尊敬しあっている夫妻ならば、夫もただ涙を流されるより一層強い愛を感じ、妻の十数年の努力と、献身と、貞淑に、あらたに感動するだろうと思う。こういう夫と妻、こういう私心を乗り越えたあたらしい愛情の結合を、私は顕治氏と百合子さんに期待していたといってもよい。それだけあの一篇で世人が賞めたてる要素ほど、私はもう沢山、百合子さんまでいわゆる女らしい、優しい妻の型にはいらなくてもよいのだ、という反撥《はんぱつ》を感じた。顕治氏に逢って、私に思いだされたのも、この手紙のことであるが、同時に私のこうした気持にはなおいろいろと複雑なものが潜んでいる。顕治氏の一見粗く、強く、逞ましい風貌の底にも、百合子さんに劣らず優しくしおらしい愛情がきっと隠されているのであろう。

彼女の『二つの庭』『道標』の長編においても、私は素材にあまりに触れ過ぎているために、それを単に芸術的な作品とのみは見得ない点があり、あるがままの形において批判するより、注文の方が先きにたつ恨みを免がれない。その一つをいえば、あれは小説にしないで、純然たる自叙伝として書いてもらっておきたかった気がする。たとえばルッソーのような、ソーニャ・コヴァレフスカヤのような、またはマリ・バシュキルツェフのような、あんな素朴な、ひらひらした装飾づきでない自伝を残しておいてくれた方が、単に一人のすぐれた婦人作家としてのみでなく、日本の女性史にいまだ曾《か》つて存在しなかった範《はん》疇《ちゆう》として、その光輝をなおも純粋にかがやかすことが出来たであろう。

しかし、結婚とともに別れ別れに住まわなければならなかった数奇な運命にも春が訪ずれ、終戦以来の五年間は、十三年のギャップを十分に埋めるほどのゆたかな収穫の多い生活を夫とともに営んで、その膝で永眠されたのは不幸な中でも仕合せで、百合子さんも満足されたことであろう。序《つい》でに私情を述べさせて貰えば、私たちはあれほど長くつづいた友情ながら、親しく逢った数をかぞえあげれば、両手に多くはあまらない位かも知れない。それが先きに書いたように、『婦人公論』のための対談で久しぶりに出逢い、五時間も話しつづけた。当夜の百合子さんはなかなか元気で、いつもの調子でまくしたて、写真を見ても私の方がしょんぼりして、ぐいと睨みすえて叱られているみたいである。それがほんの一ト月あまりで幽明の境を異《はか》にし、彼女の思いいでを同じ『婦人公論』に書くことになったのは、なんと果敢ないことであろう。今にして思えば、集まりごとには極度に腰のおもい私であり、百合子さんも健康的に籠居生活をつづけていたのに、二人であんな機会をもったのは、永久の左様ならを告げる意味でもあったか、と今更に深い宿縁が思われ、諦めがたくなつかしく、悲しい。

――一九五一・一・二三――

野上彌生子Ⅲ　同時代人へ

カナリヤ

おや、カナリヤでございますね、と下の座敷の軒先にさがっている鳥籠を見つけた客は、かならず私たちのおかしなカナリヤ物語を一遍聞かされて笑いだします。

指を折って見ると、もう十五年の昔話になります。丁度《ちょうど》今時分のぴりっとした寒さを底に保ちながら、清明に美しく晴れた日、二階で硝子《ガラス》拭きをしていた若い女中の一人で、おりえと呼ぶ気のよいとんきょう者が、どたどた駈けおりて来て、奥様、カナリヤが飛びこんでまいりましたのを、およしさんが上手に捕まえたのでございますよ、と手柄顔に報告してから、もと鸚哥《いんこ》の飼ってあった金網の籠を物置から引っ張りだし、またどたどたと駈けあがりました。後からあがって見ると、卵いろのきれいなカナリヤが、古っぼけた、赤《あか》錆《さび》の大きな鳥籠の棲《と》まり木に、なにか百畳敷にたった一人坐らされたお客さまのようにぽつんとしていました。

女中たちは、また硝子戸にかかりながら、小さいお坊ちゃまが学校から帰っていらしたら喜びなさるであろうの、それにしても、どこから飛んで来たものかと、そんな話をつづけていましたが、そのうちにおりえは、一羽では可哀そうだから、もう一羽買って来てつがいにしてやりたいといいだしました。籠だってこれではあんまりですから、奥様、ついでに買ってまいりますわ。八百屋に行った帰りに、草花屋がでていたから、と花の小鉢など抱えて来るといったおりえであったから、私はそれもよかろうと賛成して、お金を渡しながらいい添えました。竹籠のかんたんなものにしておきなさいよ、どうせ、ここいらにいいものはないのだから。いったいに買い物が好きで、とんでもないものを自慢そうに買いこんで来る癖を知っていたから、私はこの注意を忘れなかったのですが、心得顔に出て行ったおりえは、いわれた通り竹籠に一羽の小鳥を入れて提げて来ました。新らしいのには丁度なのがありませんので、小鳥屋さんが古いのを六十銭でゆずってくれました、と旨い買物をしたように話すのですが、中の小鳥をよく見ると、なんと、それはジュウシマツではありませんか。

私たちは呆れて、カナリヤの相手にジュウシマツを買って来るなんて、と笑いましたが、そういう私たちがまた、飛びこんで来たカナリヤの性別を、小鳥屋にまずしらべて貰うことを考えなかった迂闊《うかつ》さに一層おかしくなりました。しかし、おりえは、カナリヤもジュウシマツも同じ小鳥だからいっしょに住めないわけはないと信じているかのような平気な顔でした。

そうして種類が違うばかりか、雌とも雄ともわからない二羽の小鳥を、早速竹籠にいれてやろうとして、その前に、いっぺん掃除するため、台所からもって来た目笊《めざる》に、取りだしたジュウシマツを伏せこみました。こびりついたままになっている白い糞を、おりえがピンのさきで器用にこそぎ落すのをそばでぼんやり見ていた私たちが、あっと思わず叫び声をあげたのと、飼猫のミイが目笊《めざる》に飛びついたのと同瞬間でありました。おりえに追っかけられたミイは、獲物を銜《くわ》えたままつぎの間のあいた障子から屋根へ逃げだし、畳の上にほんの二つ三つ散らばった、淡青い、柔らかい羽毛が不運なジュウシマツの名ごりをとめていました。

それ以来今日まで、カナリヤは六十銭の竹籠の中で、娶《めと》らず、嫁《とつ》がず、ひとりぼっちの暮らしをつづけています。彼であるか、彼女であるかを私たちが問題にしないのも、相手にジュウシマツが持ちこまれた日に変りはありません。それ故時時、私たちはそれを独身で、孤高に、超俗的な哲学者のように思ったり、またつつましく、潔癖に、童貞を守っている尼僧にたとえたりします。まだあのカナリヤがいるのですか、と古馴染の人々を驚かし、もう十年近くローマにいる息子へ、うちはみんな無事にしています、と書いてやる手紙の末には必ず、カナリヤも無事です、と書き添えさせるほど健やかに長命なのは、ひとつは禁欲者であるためかも知れません。

夜は、廊下の天井に横たえてある息子たちのスキーの金具の耳金《バッケン》にぶら下げておき、朝は軒先に持ちだして餌と水をやるのは、あるじの役になっています。ちびの私には踏台なしにはむずかしいし、女中たちは忙しい時刻だから、自然そういう役割になったのですが、不精な世話人はそれだけのことしかしてやらないから、籠の中はいつも糞でうず高くなっていました。アウゲア王の厩《うまや》だ、と悪口をいう私がまたそれ以上に不精で、決して手出しをしないのでした。しかしカナリヤはそんなことは意に介しない風で、黒い、小さい、まんまるな玉を嵌《は》めこんだような眼でにこにこして、——これは形容詞ではありません。あなた方でもカナリヤをよく御覧ください。いつもにこにこ笑っていますから。——下半面がそのまま突きでた、天狗の鼻のような嘴《くちばし》をあけ、鉤《かぎ》型の爪のついた二本の脚でしっかり棲まり木を摑み、稍《やや》のけぞり気味に身構えて、ローラ特有の、それこそ美しい絹を捲《ま》きつけてはほどき、ほどいては捲きつけるような旋律で、いつまでも、いつまでも、高音を張って啼きつづけました。

そんな時には春がりんりんと音を立てている感じで、私たちは恍惚と耳傾けながら、これは六十銭の籠に飼うカナリヤではないらしい、と、あらためて、どこから飛んで来たものかを話しあったりしたのですが、この数年は流石《さすが》にその声もだんだん衰え、調子もたたなければ、息もつづかなくなりました。それでも冬のあいだはただ凝然と縮こまって、わずかに餌と水で命をつないでいるかに見えるカナリヤが、急に二声、三声、啼くことがあります。私たちが珍らしくそれを聞きつける頃には、節分も程近く迫って、庭の冬枯れの樹の間に照る日射しも、なんとなく和《な》ごめいて来ます。春告げ鳥という言葉もある通り、なんと敏感に正しく季節の推移を知っていることだろう、と私たちは年毎に驚歎し、乏しい折でもあって、青いものもろくにやらなかったことを済まなく思い、花屋にいち早く出だした房州ものの菜など買って来て、今年の春もお前に教えてもらった。どうぞ、来年も、さ来年も無事でいて、そうやって啼いておくれ、と頼むこころで、ちぎった葉っぱを籠にさしこんでやったりしました。

しかしなんとも困るのは、もとの様な餌が手にいらなくなったことでありました。へんなものを食べさせると、カナリヤも呆れているだろうと思うのに、別にまずそうな風もせず、静かで善良で素直で、つねに黙って、なんらの要求もしないこの小鳥を眺めていると、私たちもこんな生き方ができたらとしみじみ思わされるくらいで、それだけに、せめて一遍でも昔通りの餌が食べさせてやりたい気になりました。ところがつい五六日前、本郷に友だちを訪ねて帰りに、ぶらぶら電車通りに出ると、一軒の小鳥屋が見つかりました。そうだ、もう餌が二三日分しかなかったと、一昨日九州にたったあるじの留守のあいだは、カナリヤの世話を引き受けさせられているので、ふと思いつき、はいって行って先ず売ってくれるかたずねてみました。近頃のことで、小鳥と一緒でなければといわれても驚かなかったでしょう。ところがすぐ渡してくれたのみならず、ざっくりした手触りに私はまあ、と声をだし、よくこんな餌が、といわないではいられませんでした。以前に変らぬ粟とあさの実でありました。五十銭ずつなら今後も売ってくれるとの言葉に、私はなお喜び勇んで家に帰ると、早速日あたりのよい湯殿に鳥籠を持ちこんで大掃除をはじめました。

餌入れには久しぶりの、おいしい真物の餌が、水入れには新らしい水が満たされ、菜の花の葉っぱも欠かさず、ついでに汚くなった麻緒を美しい打ち紐にとりかえてやりました。

そうしてスキーの金具にぶら下げた後までも私は長く下を去らず、カナリヤが珍らしくぱちぱち音をさせて殻を割って食べるのを大満足で見守りながら、福岡のあるじにも知らせて喜ばそうと思いました。

三つの「哀傷《ピエタ》」

ケネディ暗殺の兇報を耳にしたのは、久々で帰郷したついでに鹿児島、大隅と経めぐった末に宮崎に泊まった明くる朝であった。桜島の怪異な熔岩地帯、垂水の海岸ぞいに白く咲きみだれた山百合に似たダチュウラの花、終戦まえの死の特攻飛行の基地、鹿の屋の絶壁に連《つらな》っていた当時の防空壕なる半円の洞窟の並列、またはフェニックスの並木でつづく日向の海岸伝いの美しいドライヴ・ウェーの爽快な疾走。すべてが一瞬に消滅した。ふたたび故家に戻っても、おそらく世界じゅうの人々がそうであったであろう通り、ほかのことは考えられなかった。法と秩序の本家ほんもとたるアメリカに、こういうことが生じたとは一体なんたることであろう、と驚愕したのはもとよりながら、その間で、一種漠然とした疑いをもたないではいられなかった。それは下手人たるオズワルドがキューバ救援協会の委員であるの、ソ連入りをしてソ連婦人を妻にしているのという、現在のアメリカにおいては悪玉の見本たる履歴がなにか待ち構えていたような迅速さで、暗殺のニュースとほとんど同時に発表されたことにあった。こんな綿密、機敏な調査網が完備しているのなら、ダラスの町が表面はとにかくとして、まことはどんな態度で大統領を迎えようとするか、不逞《ふてい》な陰謀が、見せかけの笑顔のしたに隠されているか、いないかぐらいどうして探知されなかったのであろう。私の素朴な怪しみは、ルビーなるキャバレーのおやじさんの登場でいっそう深くなった。或る新聞でも殺し屋、消し屋なる言葉で、この暗殺者の暗殺に記者らしい示唆を与えていたが、仮にそんなことの想像される根拠がすこしでもあるなら、西部劇以上である。日本のチャンバラが映画会社の商略的な虚構であるように、アメリカの西部劇のギャングの横行、ボス仲間の睨みあい、果ては威勢のよい射ちあい、殺しあいとても、ハリウッドの金儲けの絵そらごとに過ぎないと信じた。いまとてもそうと信じたい。でなくしてそれが事実に近く、ついに大統領まで登場人物にしたというごとき奇怪事があり得てよかろうか。否、否、決して。しかし先に述べたごとく、かりそめにもそんな疑惑を見るものにさし挟ませるような事件の勃発は、それだけでも、今日の世界において自由陣営の指導者をもって任ずるアメリカの知性にとっては、まことに堪えがたい屈辱であろう。お気の毒なことである。

政府当局においても、特別な委員会まで設けて究明に全力をつくしているとのこと故、いずれ巷説や推測の及びえない真相がつまびらかになるに違いない。が、それが果してどんな原因に基づくのか。それも噂されるごとくケネディの対外、また対内の外交、政治、政策否定にあったのか、どうか。こうした問題の洞察や分析はそれぞれ専門家の教示を待つのみで、素人が口を入れる資格はない。にもかかわらず、ジャーナリズムの上ではすでに過去になってしまったこの暗殺事件が、いまだに私の念頭から放たれないのは或る理由からである。

当座テレビで、兇弾にがっくり倒れたケネディを抱き起そうとしたり、その日は華やかなピンクのスーツを着てたという、若い、美しいジャクリーン夫人が、うって変った黒の喪服で葬儀に列したり、幼いジョン君が父の棺にいたいけに挙手をしたりの映像を見る時、私の網膜には今一つの別なイメージが二重写しになって浮かんだ。南ヴェトナムのクーデタで同じく夫を失ったゴ・ジーヌ夫人である。

あの事変の際のゴ・ジーヌ夫人には、何故か一般的な同情が湧かなかった。かえって彼女の激情、悲嘆、興奮はたんなるヒステリや毒舌でかたづけられたようであるが、よくよく考えて見れば、ゴ・ジーヌ夫人の心境からすればあの際あれがもっとも自然な忌憚《きたん》のない叫びで、程のよい外交的辞令など弄する余裕はなかったのであろう。彼女は愛する夫を失ったのみでなく、大統領たる義兄を失い、それといっしょに住むべき故国、家、財産を失い、しかも三人の子供を動乱のうちに残したまま遠い旅にいたのである。夫の死を慟哭《どうこく》し、愛《いと》し児の安否を思い煩う母親のこころが、半狂乱に搔きたてられなかったらいっそ不思議というべきである。

南ヴェトナムのクーデタは、ゴ・ジン・ジェム政権の打倒を目的とする将兵の決起で、ゴ・ジン・ジェム政府とはとくべつの間柄から、夥《おびただ》しい軍事援助をつづけているアメリカはいっさい預かり知らぬことだ、という声明が当時発表されたのを私たちは忘れない。しかし両国政府の関係が、近頃しっくりいっていないことは新聞紙などにもしばしば報ぜられたことではあり、とりわけ単なる家庭婦人にはとどまらず、政治的にも活躍して複雑な内部の事情にも通じていたはずのゴ・ジーヌ夫人が、とにかく反共の協力国として表面的にはまだもっとも親しいアメリカに滞在中に悲報に接したのには、他からは窺《うかが》いえない特殊の憤懣《ふんまん》があったのではなかろうか。

いずれにしろ、ロスアンゼルスのホテルの記者会見で示した彼女の言動はヒステリ扱いで受けとられたに過ぎないが、しかし一般の人々は人々として、アメリカにおいても公然と表明こそしえないが、ひそかに彼女に同情を注ぐ婦人がきっと一人はありそうな気がした。その時、私の想念にのぼった婦人は、ほかならずジャクリーン夫人であった。

ケネディ夫人もゴ・ジーヌ夫人も敬虔《けいけん》なカトリック教徒とのことである。人種、国籍、思想、立ち場の相違は相違として、ともに信ずる神の前では彼らは仲間で、姉妹のはずであった。この結びつきは幸福より不幸の場合、悦《よろこ》びより悲しみにおいて、一層強く意識されなければならないのだから、事情次第では、ホワイト・ハウスの客にしないとも限らなかった遠来の婦人の突然な運命の転変に、優しいジャクリーン夫人が無関心でいられたであろうか。カトリック教徒として信仰を同じくするのみではない。年齢も同じぐらいの若い婦人同士なら、ともに子供をもつ母親で、その意味からだけでも、ゴ・ジーヌ夫人の嘆きや悲しみは決してよそごとには思えないはずである。私はそう考えたのであった。ああ、よそごとではなかった。それから一カ月とは経たないうち、ジャクリーン夫人はゴ・ジーヌ夫人とそっくりの同じ嘆きの淵に突き落されたとは。――「まことに、人の上ぞと思いしに身の上なりける」の古い言葉さながらの不思議さ、哀れさ、果敢《はか》なさで、流行の推理小説の心酔者などには、因果はめぐる小車《おぐるま》といった怖ろしさを不逞にいう者がいないとは限らない。

しかし冷静によくよく思い廻《めぐ》らせば、二人の未亡人は共通的な運命こそ背負わされたが、今後の生涯はかなり異なったものになるのであろう。誕生日のお祝いに、私たちなら花かお菓子でも一箱貰うほど、容易に十万ドルの小切手をお父さんから受けとったケネディの妻として、ジャクリーン夫人は愛する夫を天国から連れもどすことこそ不可能でも、アメリカの最上流の生活を保って安穏に、二人の遺子の成長を愉しんで暮らして行ける条件を具備している。それに引きかえゴ・ジーヌ夫人の方はどうであろう。彼女の喪失は一切がっさいである。はじめ身を寄せようとしたらしいローマにも留まりえず、やっとフランスに辿《たど》りついて居住の許可をえたらしいが、それとて頼りないエトランゼで、夫や国といっしょに失った南ヴェトナム時代の生活は、過去の遠い夢と消え去り、噂のように外国にも内証に預けた金はないとすれば、三人の子供を抱えてのことであり、これから如何に生くべきかは、まず第一に如何にしてパンを得るかにはじまるわけである。ジャクリーン夫人とはなんと桁違いの相違であろう。

この著しい差別をケネディの歴史的な輝かしい存在と、それから見れば、太陽の前のぬか星にも等しいとするゴ・ジーヌとの比較にもって行くものもあるかも知れない。しかし天文学的にいえば、太陽もぬか星も宇宙にともに散らばっている物体であるように、妻たる二人の婦人にはみじん軽重のない愛する夫、残された子供らにはかけがえのない大事な父親に還元される。ことにまた彼女らがカトリック教徒としてともに信じている神は、貧しく不幸なものに対してかえって憐れみ深く、ゆたかな恩寵《おんちょう》を垂れ給うはずである。こんなことを思うにつれ、私の二重写しのイメージには、また一つ新しい映像が加わって来た。それはもう三年まえの、あわただしいジャーナリズムでは昔話に近いコンゴの動乱で横死したルムンバの夫人である。

世界の歴史がアフリカの黒い大陸に引こうとしている新しい地平線上に、不意に黒い太陽のごとく現われて、また突如として姿を消したこの革新的な指導者が、誰によって惨殺されたかは分らず仕舞いのままらしい。ただ、私の思いでにまざまざと刻みついているのは、それについての報道がさかんに新聞をにぎわしていた頃、紙面に見いだされた彼の妻の悲嘆にくれた肖像である。ちぢれた短い毛髪、ややおでこの額、厚い唇、下半部に横縞の布を巻きつけたのみのアフリカ婦人の典型通りの装いで、きっと紫っぽいほど黒いに違いない裸の肩から、力なく垂れた左右の腕を手のところで組みあわせ、でなければ、倒れてしまう身体をそうすることでやっと支えているかのように、傍の誰かに凭《よ》りかかるようにしてさし俯《うつむ》いた姿は、悲しさ、哀れさ、痛々しさを超えていっそ美しさに充ち溢れていた。曾《か》つてのイタリアの旅で、私はミケランジェロの「哀傷《ピエタ》」の多くを求めて見歩いたものであるが、この黒い半裸体の婦人の原始的に純情素朴な「哀傷《ピエタ》」は、ミケランジェロの大理石像のどの「哀傷《ピエタ》」にもない美しさに包まれている気がした。これらの感動は私のみではないと信じたので、誰かこれについて書いてくれる方がありはしないか、と当時ひそかに考えたが、期待が外れたのみではない。肖像をのせた新聞紙さえ、ルムンバ夫人がなんという名前であるかも報じてはなかった。しかし、カイロの学校で学んでいるという、小学生ぐらいの二人の息子さんの写真は同じ新聞にのっていたので、彼女も悲しき妻であるとともに、悲しき母親であるのを知った。さて父を失い、故国のコンゴにおいても安らかな生活が保障されているかどうか危ぶまれる彼らが、いまどこにどんなふうに暮らしているることであろう。

南九州の旅の宿できいたケネディ暗殺のニュースが、こんなさまざまな想念や追憶にまで私を誘いこんだのは何故であろう。ひとつは帰りの途中京都により道して、名所旧跡を見て歩いたのもひとつの契機になったかも知れない。京都御所のもの寂びた土塀にそうて

くるまを駈けさせながら、私はふと

　君知るや都は野辺の夕雲雀*
　あがるを見ても落つる涙を

の古歌を何故ともなく思いだした。このあたりに佇《たたず》んで詠じなかったとはいえない。私は旅人らしくそんなことまで考えた時、なにか愕然とした。応仁の世の乱れが京の町じゅうを荒れ野原に変じたにしろ、まだそこには佇んで夕雲雀を眺めて涙を流す人間があったのだが、もしかボタンの一と押しで、原、水爆弾が飛び交うたら、地球の曠野にはそんな感傷に浸る「人類」はただの一人も存在しないのではないか。私の瞬間の戦慄はそれにおもいが飛火したのである。

しかし、いままで触れて来た三人の婦人が夫を失った不幸は共通的でも、核戦争と称するごとき大げさなものの犠牲者ではなく、単なる暗殺から生じたに過ぎないというものがあるかも知れない。もとよりそれに違いはない。またそんな怖ろしい破滅が金輪際あってはならないし、人間いかに愚かでも、そんな終焉を地球にもち来たすほど、それほど愚にはなりえないと信じたい。とはいえこの世界のどこかでは、流すまいとすれば流さないですむはずの血を、いろいろな尤《もっと》もらしい名目で絶えず流しあっているのが実情である。新聞紙さえほんのお座なりのようにどこかの国境で射ちあったの、ゲリラが掃討されたのと報ずる数行の記事のかげには、ケネディ夫人、ゴ・ジーヌ夫人、ルムンバ夫人が流したと同じ涙を流す「哀傷《ピエタ》」の婦人たちが、つねに夥しくつくられるのだということを忘れてなるだろうか。怖ろしいのは原、水爆のみではない。

＊二〇七ページ。正しくは「汝や知る都は野辺の夕雲雀あがるを見ても落つる涙は」。（編集部注）

この頃ひそかに憂うること

大正天皇はいまの若い人々にはもう古い歴史的な人物であろうが、天皇の御生母で柳原二位の局と呼ばれた方の御殿に、揉み療治にあがっていた按摩さんから聞いた話というのを、このあいだ或る老婦人から又聞きした。

この御殿には地震に備えた部屋があった。棟木《むなぎ》や梁になにか特別な組み方がしてあると見え、震動につれてぎいぎい音がしていっそ気味がわるかったが、ぐらぐらと来ると、二位の局はすぐそこへはいるので、按摩さんもついて行かなければならなかった。

この昔話は、私が近頃ひそかに抱いている気病みをあらたにさせた。

明白にいうなら、昨年あたりトルコ、カナダ、最近はソビエト・ロシアの国内にまでつぎつぎに生ずる地震のニュースが、テレビ、ラジオでほんの隣家の出来ごとのように伝わるたびに、もしかして現在の東京の地に、大正十二年九月一日のような異変が起きたとしたらの憂慮である。

さて、戦後派という言葉はすでに一般的になっているが、震災後派なる用語は耳にしない。むしろ、そんなことを聞いたところで、なにを意味するかわからない人が多いかも知れない。まことに、あの大惨事を身をもって経験したのは四十年配からのもので、それ以下は戦後派が戦争に実感がないように、大震災も明治天皇とひとしく歴史的なものに過ぎないのだから。

しかし、戦争は天災ではない。どれほど怖ろしくとも人間のしわざだから、一触即発の危機においても、お互いにその気になれば中止もできるわけだが、地震には話しあいや不可侵条約の余地はない。生ずる時には必ず生ずるのであり、またいかに冷酷な借金取りにもまして年代的に几帳面にやって来たかは、地震国たる私たちのむかしからの記録が教えている通りである。

さまざまな原因から、回顧的なことが一種流行になっている。ほんの散歩にしろわき見をしたり、思わぬところへ曲ったりがおもしろいのだから、国の歩みにも途上で立ちどまったり、あとを振り向いたりがあるのは自然で、時には大いに必要である。

私はそのもっとも重大な必要として、大正十二年九月一日への回顧を挙げたい。その日に出逢ったものさえ殆んど忘れたように見えるから。

昭和二十年八月十五日は忘れなくとも、否、否、それさえだんだん忘れそうであり、所《いわ》謂《ゆる》戦後派はそんな日が存在するかも知らない顔つきだし、ましてや四十年から前の大震災のごときはお伽話《とぎばなし》であろう。しかも東京の市街の相貌は当時とは比較にならない。夥しいビルディングからビルディング。いずれは百万台にも達しかねない乗用車をはじめトラック、バスの氾濫、これに到底追っつかない不整備な道路、その上オリンピックでごった返しの町を通りながら、ここへ不意にぐらぐらと来たら、と思うと、身の毛がよだつのである。

やがて、二、三十階も許されるときく高層建築には、勿論土台固めに厳しい規定が設けられ、取りわけ耐震の問題は建築家も根本的に取っ組んで仕事するに違いない。ただ素人の気懸《きがか》りをいえば、箇々の建物の基礎がいかに堅固であろうと、東京は一枚岩の上に出来ているニューヨークとはこと変り、水道管の工事にさえ、近くの家が傾くほど脆《もろ》い沖積層に立つ町だということである。

私はそれでまた二位の局の地震の部屋が考えられる。日本を背負っているお偉方たちは、かかる用意をつねに整えているであろうか。一般人の忘却や無関心はとにかくとして、当局者まで地震は宣戦の布告なしに生ずること、自衛隊では防げぬこと、オリンピックのお祭りのまっ最中にも、突如として起こり兼ねないことを忘れてくれては困る。

ああ、それにしても、地震学者たちは一体どれだけの研究費をあてがわれているだろう。真剣に国土を守る百年の計は、防衛庁を国防省にするのなんのは末の末で、絶えず惜しみない金を注ぎこんで地震学を進展させ、事前のたしかな予知から、退避の処置、方法まで合理的に研究しておくことではなかろうか。

春狂

この春の長い雨は気象台の記録にもめずらしいと伝えられるが、いくらか風を伴っても粗くはならず、灰銀いろの明るみをたたえた低い雲のあいだから、ほんのにじみでるようなしっとりした降り方には、いかにも花の雨らしい風情があった。春閑のつれづれにこんな雨をぼんやり眺めていると、私にはきまって思いだされることがある。もう遠いむかし、富士見町の細川家の舞台で見た桜間さんの『百万』である。後には弓川《きゆうせん》を名乗った桜間さんがまだ金太郎で舞っていた時分で、世阿弥《ぜあみ》の言葉を学べば、身の果報とされる能役者の条件を欠ぐところなく備えた彼が、いよいよ他の追随を許さない独自の花を咲きほこらせていた頃だといえる。

しかし、その日の能見物には私はあまり気乗りしていなかった。戦前の悠暢《ゆうちょう》さで四人は坐れる席がとってあり、毎月ともなればいくぶん習慣的で、時にはおっくうに思えたし、桜間さんがつとめるその日の『百万』は能としては軽い狂女物で、見はずしたらいつまたといったようなものではなかった。それにちょうどあるじも旅行中で、ひとりぼっち遠く雨にぬれて出掛けなくても、といった思いが先にたったのである。でも、やっぱり止めにはしなかった。田端から省線で飯田橋の駅におり、そのころはまだ取りこわされずにもの古《ふ》りたさまで残っていた牛込見附の石垣づたいに、土手公園にそうて二丁ばかり歩き、第一の横町を左に折れるのが道順で、まっすぐ行けば靖国神社の土塀につきあたるつま先あがりのゆるい坂を、中ほどでもう一度左にまがると細川家の舞台である。いまのように自動車でひとっ飛びというのとはわけが違うから、ひきこもりがちな私にはいささか遠足に近い。つらつら按《あん》ずるに、人間は一生のうちにもっとも思いいでの深い道といったものを持たないだろうか。時や、ところは、それぞれに千差万別としても、誰にもきっと一つ二つはあるに違いない。もしか私にたずねられたら、毎月の御能見物で通った、田端の駅から富士見町の舞台へのコースをまず挙げるだろう。あの雨の午後、石板いろにつやつやと濡れた路面に、土手公園の桜が一枚一枚の花弁をまるでならべたように散りしいていたのまで、いまも眼に浮ぶ。

桜間さんの『百万』はすばらしかった。見巧者はそれぞれの能について、ともすれば見どころ聞きどころをいう。しかし完璧に演じられた能というものは、どこに特別な観点や注意すべき個所があるか、ないか、そんな意識はしのびこむ隙間もない恍惚とした美的陶酔で、ただ面白し、面白しとうち眺めさせるものでなければならない。その日の『百万』

はまことにそれであった。ひとつはしぶしぶ出掛けただけ、危く見落さないですんだ悦びがその一番をいよいよ稀有に見事と感じさせたのかも知れない。それはまた能としてはわりに軽い『百万』が、これほど立派なものであったかをあらたに驚くおもいであり、その後はどこの舞台でも『百万』がでれば、かならず見ようとした。しかし野口兼資《かねすけ》が舞ってさえ、あの春雨の日にゆくりなく見た桜間さんの『百万』ほどの幽婉《ゆうえん》さは味わえなかった。能では母親や中年の女をあらわす曲見《しやくみ》の面《おもて》、摺箔《すりはく》の着附に縫箔《ぬいはく》の腰巻、濃い紫地にいちめん桜の花が枝ごとしだれた長絹《ちようけん》、前折烏帽子《えぼし》に物狂いのシンボルたる笹の枝を手にした百万の姿は、あらたに思いでに耽《ふけ》っているといっそう鮮明にまぼろしに浮び、いまさらに能の特殊な美的感覚といったものが思いまわされる。

ついでに『百万』をそのまま例にとるなら、シテは行方も知らぬ子供をたずねてさ迷う狂女に過ぎず、謡《うたい》の本文にも、

「もとより長き黒髪を、おどろの如く乱して、古りたる烏帽子引きかづき、また眉根黒きみだれ墨の、——」

と女気狂いの浅間しさがはなはだ写実的に描かれている。にもかかわらず舞台のうえに用いられる、今様にいうならコスチュームの百万は豪華絢爛《けんらん》たる扮装である。しかもそうした矛盾が鑑賞をすこしも妨げないばかりではない。嵯峨の大念仏の群集にからかわれながら半狂乱で子供を探しもとめ、これほど多き人の中になどかわが子のなきやらん、あらわ

が子、恋しやと泣き、かこち、また南無や、大聖釈迦牟尼仏《しゃかむにぶつ》、わが子に逢わせてたび給え、と念じ嘆く、人の親の悲しさ、哀れさが、現実放れのした姿でかえって嫋々《じょうじょう》として見るもののこころに沁み、舞台のシテとの同一化の幻影を深めるのである。

　もとよりこれは能には限らない。現実の日常生活を主題とする近代劇は別として、オペラにしろ、舞踊にしろ、舞台芸術で象徴を基礎とするものには一般的な演出であるが、それにしても、理念の具体化を能ほど窮極にまで美しいものに仕あげたのは、ちょっと類がないのではなかろうか。このあいだ近藤乾三の『求塚《もとめづか》』を見て、二人の男の恋のせめぎについにその身を生田川に投じたあわれなシテのうない乙女が、小面《こおもて》、唐織《からおり》、純白な水衣《みずごろも》で、同じ装いのツレなる三人の菜摘み女を先だてて橋掛りに現われた時には、私はただ息をのんだ。山辺にはまだ雪の見ゆる春の寒い小野に、乏しい菜でも見つけようとする田舎娘たちが、まるで妖精のように美しい。『松風』で、ほんのおもちゃほどの綺麗なちいさい汐くみ車をひいて登場する松風、村雨《むらさめ》にも、同じく眼を見張らないではいられない。須磨の浦の漁家の姉妹のかくまでの高貴さ、典雅さは、さながら王女ではないか。ちょうどエピメテウスがまだ天のたねの残る土から、地上のはじめての女として美しいパンドラをつくったように、それらが世阿弥の天才の産みだしたものであるのはいうまでもない。彼の能の美学においてはなによりも先ず物真似を根本義としただけに、稽古一図《ママ》に鍛えに鍛え、また時分によってかわる花をそれぞれ咲かせながら、飽くまで極めつくさなければならない幽玄の具象として、現実を超越した、いっそ不羈《ふき》奔放ともいえる様式をあえて採っている彼の極限的な美の追求には、ひたすら驚嘆するのみである。まえにあげた通り、『百万』は能の種類別からすれば狂物に属する。また『求塚』の哀れなうない乙女は、われとわが身を生田川の流れに沈めても板ばさみの恋故で、狂乱のためではないから執念物とされるに引きかえ、「熊野《ゆや》、松風に米の飯」とまでいわれる松風は、鬘物《かつらもの》の代表でありながら、キリの「あの松こそは業平*よ」のあたりから狂いものとして取り扱われる。それによってもわかる通り、能の狂気ははなはだ発作的で、一般の精神錯乱者とは違ったものとしなければならない。いまのはやり言葉を用いれば、ひどいノイローゼともいうべきであろう。狂っているようで、正気で、正気かと思えば、狂っており、また自ら狂人であることを知っており、堂々と名乗りもする。行方不明の愛し子をたずねてさ迷う『三井寺《みいでら》』の母親のごときは、明月の庭の鐘楼にのぼって鐘を突こうとするのを咎められると、狂人が鐘を突いて何故わるい、と抗議するのさえ憚《はばか》らず、子供が寺の僧のもとにいたのをも素早く見つけて、子故に狂乱の身となったのだから、逢う時のこころに狂いはない、といいきる詰開きなど、どうして女気ちがいどころではない。

　もとより、狂気のこんなふうな取り扱いは珍しくないことで、ゴーゴリの作品など読んでいると、正気なつもりの自分たちがいっそ間違っているような感じに襲われるほどである。私の親しい精神科のお医者さんによれば、大部分の人間がたいていどこかおかしいのが実状で、まともな人間はめったに存在しないと主張する。また狂っているか、狂っていないかは、外見や話などではなかなか判断しにくいものらしく、それについておもしろい話を聞かされた。姉妹で姉は妹が気が狂っているといい、妹はまた姉が近頃おかしいのだという。いろいろたずねて見ると、お姉さんは、自分がきれいに整理しておく箪笥《たんす》の着物を、妹がめちゃくちゃにひっかき廻してしまうと訴え、妹さんはまた、姉は私の物をなんでも盗んでは隠すと訴える。外出に跡をつけられるとの訴えも同じで、お姉さんは妹がきっと跡をつけるといい、お妹さんは姉がつけるという。喧嘩ではないから大真面目に姉は妹を、妹は姉の病状を案じてのうち明け話として、こもごも姉妹から語られたのだという。親しいお医者さんからこの話を聞いた時、ずっとむかしに読んだ、たしかフランスのものであったかと思う短編が記憶によみ返った。伯父が頭のおかしくなった甥《おい》を精神科医のもとへ連れて行く。ところが診察室で待っているあいだに、甥は突然伯父さんに飛びかかって組み伏せ、棚にあった狭窄衣《きょうさくい》をいや応なく着せてしまう。そこへ奥から現われた医者にむかって伯父は叫ぶのである。患者は甥であり、自分は彼の暴力によってこんなものを着せられたのだと。甥はまた、こんなことをいって喚《わめ》きたてるのが伯父の狂っている証拠で、いまも急に暴れだしたので狭窄衣を着せたところだといいたて、それに憤慨した伯父が怒って騒げば騒ぐほど狂人にされてしまう。まことに、こんな誤りがただこの診察室のみにとどまるであろうか。作者はその疑問を世上に投げかけたに違いない。なおこの作品を私に想起させたのは奇妙な姉妹の話からだといったが、ちょうど玉突き台の玉がキュウを放るや否やかちん、かちん別な玉にあたるように、伯父と甥のどちらが狂人とも見分けのつかなくなった話は、また私に、遠い過去になった西欧の旅のあいだに見た一つのものを思いださせる。

それはヒットラーの肖像である。ドイツを歩きまわっていたころは第二次戦争が勃発する三カ月まえだから、到るところに彼の肖像に出逢った。駅に行けば駅に、劇場に、学校に、カフェに、ホテルに泊ればどの部屋にもといった始末で、耳にはたえずハイル・ヒットラーがひびき、眼にはハーケンクロイツのまっ赤な旗とともに彼の顔がへばりついた。たしかミュンヘンであったかと思うが、朝食のあと、連れのあるじは近くにちょっと買物にでたので、帰りを待ちながらがらんとしたロビーに独りかけ正面の壁に型のごとく掲げられたヒットラーの半身像をつくづく眺めた時、それまで思惟のレンズにちらちらしながら焦点の合わなかったものが、瞬間ぴたりとひとつの映像にまとまった。この人は精神異常者ではないだろうか。ひろい額の片方だけに垂れた毛髪の一部が、そこへ飛んでくっ着いたような鼻の下のひとつまみの髭、硬直した頬、とり分けまなざしが著しい。厳然と見すえているようで、なにに、どこに注がれているともあいまいな分裂的な視線は、いろは鳶《とび》いろかと思われる円いつぶらな眼に、権威や意志よりいっそ空ろな虚無感をただよわせている。思うに、戦争といった行為が人間のまともな心で遂行されるものではないが、ヒットラーに関するかぎり、アウシュヴィッツの例を一つあげるだけでも、あの肖像から感じたものがまんざら見当違いではなかった気がする。

いまむごたらしい戦闘がつづいて、わるくすれば第三次世界戦争にもなりかねないと案じられているベトナム戦では、ハト派だとかタカ派だとか、ヒットラーの頃にはなかった用語が流行である。さてそれでハトとタカと両族の大将を、精神科のお医者さんに診察させたらどんなものであろう。前に述べた短編の伯父と甥のごとく、どちらが病人とも見分けがつかないようでも、専門医の厳密な精神分析によれば紛れはないはずだ。そこでどちらに狭窄衣《きょうさく》を着せなければならないかの診断がくだれば、待望の平和はかんたんに実現するのではなかろうか。狂人と決った大将に命令されて武器を執り、爆弾を投下する兵士はいないであろうし、またそんな国を助けてともに戦おうとする国はないだろうから。

春雨の午後のつれづれは、桜間さんの能のおもいでからつぎつぎに変な思念にまで私を誘いこんだ。ついでに『百万』の謡の一節を借りるなら、「これかや春の物狂い……」の仲間入りかも知れない。

＊二一七ページ。謡曲「松風」では「あの松こそは行平よ」。（編集部注）

野上彌生子Ⅳ　山姥独りごと

毀れた玩具の馬

寒がりの私はもう例の通りに部屋の片隅に炬燵《こたつ》を拵《こしら》えて、二枚折の小屏風で囲いました。その小さい温室のような中に身を埋めながら、好きな書物を読んだり、絵画の雑誌を拡げたり、場ふさげにならぬほどの縫物をいじって見たりするのが大好きであります。又私はよく其処に子供を連れ込んでその遊び相手をしてやります。彼の赤ぶくれのした小さい手を握ぎり締めて、熱い櫓《やぐら》の上に押しつけてやりながら、これから二人して始める遊びの計画を相談したり、彼の新らしく欲しがる玩弄物《おもちゃ》のおねだりをきいてやったりしてる時は、いつにもまして可愛いもののような気がします。先ず彼は大抵一番に玩弄物の店を出します。電車だの汽車だの、手風琴だの、三角帽をかぶったフールだの、友仙の着物を着て赤い帯を締めた、鼻っかげの人形だの、その他大きな箱に一杯になっている玩弄物の中から、手当り次第に運んで来ては、炬燵櫓の上に並べます。彼は又六匹の犬の主人《あるじ》であります。一番大きい犬から一番小さいちび犬まで、彼は非常に可愛がっています。外《ほか》に家畜の類ではこわれた馬の首が二つと兎さんが二つあります。一つ一つの玩弄物には一つ一つの歴史があります。これはどこのおば様から頂戴した、あれはいつのお土産に下すったのだ彼はよくこんな事を覚えています。この馬の首にも一つの悲しいエピソードがあります。此の二つの馬の頭はいずれも竹馬の首だったのでした。而《そ》して彼の熱心な註文によって市街の方へ出たお父さまから買って来て頂いたものでした。お父さまが帰家《きか》した時にはもう彼は眠ってしまっておりました。それ故その玩弄物は彼の目覚めた時の楽しみを待ち設けるために枕元に置かれてありました。明けの朝、それを見つけた彼は全く悦《よろこ》びました。連銭芦毛《れんぜんあしげ》のもようを薄くかいた白馬の首、赤い羅紗《ラシャ》の胸掛け、紅白に塗り分けた竹の胴、その先についた青い二つの輪。彼は歓喜の叫びを発して早速そのプリミティブな馬に跨《またが》ろうとした時、いつもの挨拶を注意せられて

「おんま有り難う。」

と一寸《ちょっ》と手をつく真似をしてお礼を云いました。而してそれなり勇ましい叫び声を立てて廊下の方へ駈け出して行きましたが、その廻り縁の端から端を何度乗り廻ったでしょう。まだほんの五六度位いしか往復しないうちに、彼は突然、

「い、い、い、い、い、おちゃあちゃま。めんちゃいよ。」

と云いながら悄《しお》れた様子をして茶の間へ這入って来ました。何の謝罪なのかと思いながら振り返って見ると、今手にしたばかりの馬の首が、竹の胴と離れ離れになって、もう乗れ

なくなってしまったのでした。こんな場合決して泣いたりむずかったりする事のない彼の癖は、却《かえ》って大人に気の毒な思いを増させます。彼は何か罪を犯したもののような悄れた様子をしながら、どうして今の今まで満足に附いていた此馬の首が、何の理由もなしに、ただ――四五度乗り廻した丈《だ》けなのに、何故突然こわれてしまったのだろうと呆れてるように見えました。彼はそれを自分の過失と思ってあやまりに来たのでした。私はその首を手に取ってよく調べて見ますと全く毀《こわ》れるのも無理はありません。首と胴とのつながりは、ただ小さい一本の釘の力だけに任せてあるのです。それに首は土を固めたもので割合に重味があるのに、胴はただ細い一本の竹であります。その間を不親切な一本の小さい釘でつないであるきりなのですもの。二三度悦びに任せて打ちふって歩きさえすれば、いやでも馬は首と胴と所を異にした最後を遂げなければならないのは分りきって居ります。私は子供の頭を撫《な》ぜながら、決して馬の毀れたのは彼のせいではないのだから心配しないようにと云ってよろしく慰めました。三歳の幼児は、

「ではなぜ毀れたのだろう？」

とそれ以上を奥深く考える智識を持っていなかっただけ、それ丈け失望の深い様子で、諦めのつかぬようにただ胴ばかりになった竹馬にまた跨がって歩きました。私はその後姿を見ながら、いつも感ずるように日本の子供相手の玩弄商人《おもちゃしょうにん》が、その大事なお客様なる「子供」と云うものに対して少しの同情も思慮も費さない実利一方の仕方を心から憎く感じま

した。彼等がその熱心な射利心の十分の一をでも、可愛らしいお得意様の同情に費したならば、決して子供の小さい胸にこんな悲しみや失望を与えなくとも済むだろうにと思われました。外国製の十分手堅く且《か》つ思慮を費した拵え方に比較して殊にそう感ずる心が深いのでした。嬉しいおもちゃ、大事なおもちゃ、お父様から、お母様からたった今頂いたばかりのおもちゃ、そのおもちゃの破損！　悲しい幻滅！　こんな事はただ子供を悲しませる、失望させると云うのみに止まらず、その道徳上の観念にも決していい影響を与えないでしょう。同時に十銭や十五銭の安価な物だからと云う口実はその不親切な粗製品の云い訳にはならない……私はこんな事をそれからそれへと考えさせられました。けれどそんな感想が子供の気の挫《くじ》けた詰らなさそうな様子を癒《いや》す事は出来ません。それ故私は又早速女中を十数町の白山の通りまで使いに出して、同じような竹馬を買って来させました。子供は非常に嬉しがりました。けれどもその悦びは二日とは続きませんでした。決して虐待もされなければ非道《ひど》い乗り方をせられたのでもない、ただ玩弄物仲間の犬や電車が受けた通りの普通の待遇を受けた丈けなのですけれども、その竹馬も亦《また》前の竹馬同様に直ぐと首が取れてしまいました。この二つの馬の首はその悲しい出来事の紀念物なのでした。

私はこの二つの馬の首を見る度にその時の感想をまた繰返しますが、子供はもう平気になっております。而して尚《なお》大事らしくその破損した首を櫓の片端にのせました。彼は玩弄物屋の主人で、私が買い手でありました。二人はおもちゃの櫓を中に炬燵にさし向っております。

「御免下さい、おもちゃを一つ見せて下さい。」

「はい、何がよろしゅうございますか。」

「そうですね、そのワンワンを一つ見せて下さい。」

「承知いたしました。」

私と子供はこんな挨拶を律義に取り交します。而して買われたおもちゃは彼の小い手で新聞紙に包まれて渡されます。

私の炬燵の側の半日はこんな遊びで大抵暮らされます。

嫉妬

初夏の蒸暑い晩であった。おそくまで話のはずんでいた二階のお客様がやっと帰って行ったので、私は早く戸締をして寝るようにと女中たちに云いつけた。一人は門を閉めにでて行き、一人は階段を上った。雨戸を繰る音が、冷え冷えとふけた夏の夜の静けさを破って響いた。一方の廊下がすんで、今度は鍵《ママ》の手になった、長い廊下の方を繰りはじめた。こうして十枚ばかりの雨戸が順順に締められてやがてすむ頃だと思う時分、ふいに

「あっ!」

とけたたましい叫び声がそこに起った。門口から戻って来て寝支度をしていた一人は、吊りかけた蚊帳《かや》を抛《ほう》り出して駈け上った。まだ茶の間にいた私も吃驚《びっくり》して階段下まで飛んで行った。それほど叫び声は異常に突発的にひびいたのであった。私は、何事が起きたのか、早く知らせるようにと呼びかけた。しかし二階からは当人の返事はもちろん、驚いて様子を見に行った仲間の返事さえもすぐには聞こえなかった。彼女は小さい声で何か頻《しき》りに慰

め労《いた》わっているらしい。そうして相手は確かに泣いている。手でも閉めたのだろうか。それにしては騒ぎが大げさ過ぎるように思われた。それならばまたいつまでも二階に愚図ついてる必要はないだろう。実際あの叫び声はただの調子ではなかった。——一種漠然とした怖れから私はやや急《せ》きこみ、なぜ返事をしないのか、なぜいつまでも下りては来ないのかと怒鳴った。二人はやっと下りて来た。時や（叫び声を立てた方）は後から、変にしおしおしてそうして中形の派手な浴衣《ゆかた》の袖で胸を掻き合せるようにして下りて来た。

「どうしたのよ、いったい。」

「——」

時やは泣いて赤くなった眼を伏せたまま返事をしなかったので、松や（後から駈け上った方）が代って説明した。

「時やさんはお乳を挟んだのだそうでございます。」

「——お乳を？——雨戸に？」

「おしまいの一枚を閉めた拍子に、乳首を挟まれたのですとかって——」

そばに立って自分の不意な災難について話されるのを聞いていた時やは、その時また急にしゃくりあげて泣き出した。血が出て、我慢されないほど痛いのだそうで、と松やは言葉をそえた。どんな様子か私も知り度《た》いと思ったけれども、いとも恥ずかしいものを隠すように両袖で胸を蔽《おお》い、身体を硬くして泣いているのを見ると、手先や足先とは違って、女同士でものぞくことは出来なかった。彼女自身の涙にしても、単なる痛みの堪え難さよりは、傷つけたものが乳房であること、その傷によってそれを醜くし、片輪にすることの怖れや羞恥から、大部分流れているのは明白であった。私はとにかく近所のお医者に診て貰って来るようにと勧めた。はじめは厭《いや》がったが、あとではそれでも行く気になった。松やが一緒に行ってやることにした。

「じゃ気をつけて——」

勝手口から、痛みと恥かしさに悄《しょ》げながら、連《つれ》の後について出て行く時やの赤い帯を見送って、はずみとは云いながら妙な怪我をしたものだと微笑《ほほえ》まれたが、それとともに私は一種羨ましい、嫉妬に似た気持を感じないではいられなかった。雨戸に乳首を挟まれたと云うような怪我は、いかにも十九の娘らしい怪我であり、十九の娘でなければしたくも出来ない怪我であったから。

（「めもらんだむ」より）

ゴムまり

いちんち、ほとんど部屋に、閉じこもって暮らす習慣のついてしまったわたしは、一と足門のそとへ出て見ることさえおっくうになった。朝出かけて行ったものが帰って来るまでは、どうかすると誰とも口を利かないですむ日さえある。それでも活字で眼が疲れると、狭い庭におりて、ほそ長い土の上を行ったり来たりする。軒から組んだ藤棚、塀にそうた一列の檜葉《ひば》、どうだん、ぼけ、蘇芳《すおう》、一とむらの竹と山吹――ただなおざりに植えならべただけのこんな庭木にも、さすがに春秋にはそれぞれの風情があらわれる。とりわけ晩春の、銀みどりに燃え立つ藤の若葉のあいだに、むらさきの花房が長くゆれる頃は、わたしの二三十分の散歩をこの上なく楽しませてくれる。

藤棚の下の、日かげになって青青とひろがった苔の窪みに、小さい、泥だらけのゴムまりをふと見つけたのもそんな午後のある日であった。わたしはつくばいの浄手水でまりの泥を洗いおとし、ぽん、ぽんとついて見た。はずんで、とびあがるまりをみぎひだりに追い廻したり、落ちてころころと植込に転がりこむのを追っかけたりで、セルの下のうすい襦袢《じゆばん》が汗ばむほどわたしは動き廻らなければならなかった。これは静止で萎縮したわたしの手足に、めずらしいほど多くの活動を与えた。わたしは女生徒のように、爽快にはあはあ云った。

しかしわたしの怖ろしく近い眼と内斜視のいびつな視力は、その小さいマリを二つにも三つにもして見せた。この錯覚は、見るものが小さいだけことに著しく現われるので、わたしは買物にでる女中にたのみ、三十銭で子供の頭ぐらいある大きなゴムまりを買ってきて貰った。そうして庭にでる度にきっともって出て、六つ七つの小娘のようについた。雨や、曇り日で出られない時には書斎の板の間でぽんぽんついた。

ひに、ふに、みに、よに、よもの景色を、春とながめて――

九州の故郷の町で、子供のころよくうたった古い手まり歌が遠い外国の詩の断章のように、ふと唇によみがえったりした。わたしはまたこの大きなまりが出来てからは、夕食のあとなぞは息子たちまで誘いこんだ。わたしは廊下で彼らを向うにまわし、一まん、二まん――と渡しづきをした。五尺七寸の上からある大学生の息子は、受けそこねて落すと、行きなり長い脚を使い、ラグビーのマリのように天井に蹴あげてしまった。――とにかくマリはわたしから切り離されないものとなった。書物や原稿紙といっしょに、机の上にいつも置かれていた。親しい友だちはそれを見ると、いくら運動になるからと云ってなにかもっと近代的な方法はないものか、と笑った。もっとも独自なものを近代性が要求するなら、このわたしの運動こそなにより新らしいものだ、と自慢しつつ、わたしはぽんぽんついて見せた。

しかしこの一二ケ月ふいに身辺に巻きおこった黒い渦は、そんなマリのことなぞわたしから忘れさせてしまった。——マリでもついて気晴らしをしようというような、そんな生暖い時間と思惟をじゅうりんした。わたしははじめて人間の腸のいろの黒さを知った。わたしは争いの激しい興奮を知った。ひとを憎むということをさえ。——

極寒の外気の中から、疲れ、青ざめて帰った茶の間の片すみに、わたしはふとほこりまみれになって転がっているマリを見つけた。わたしの過去の、ほこりをかぶりつつも安易に、平穏にすぎていた生活がそのマリであった。わたしはつとよってマリを摑んだ。もろくなった涙がうす墨いろによごれたゴムのおもてに散った。

—昭和九年五月—

五月の庭

今年は閏年《うるうどし》で春の歩みが遅かったに引きかえ、夏は足早く颯爽とやって来た。五月にはいってからは毎日晴れて、顔が映りそうなほどきらきらと透明な藍いろの空に、どうかしてぽっかり浮かぶ白い雲も、銀の裏打で鈍く輝やいている。花の頃ほど生暖かくもなければほこりぽくもなく、また真夏の一陣の涼風ほど幅ったくもなく、さらりと、好ましく、肌ざわりのよいそよ風が、瑞瑞しい青葉の薫りとともに、隣りの小さい薬工場の、酸性の淡い匂いを運んで来る。女工員たちが、昼休みに顔をだして歌う窓にむいた塀際の一列の青桐は、円いすべすべした幹から若い枝を馴鹿《トナカイ》の角のように突きだし、一つ一つの頂きに、ほぐれたばかりの、飴いろの幼い葉を群がらしている。つづく建仁寺《けんにんじ》垣《がき》に高く這いあがっている枸杞《くこ》の若い芽は、料理に使ってもなかなか味のよいものだ、と聞いていながら、私は一度も食べて見たことはなかった。長い蔓《つる》になるこの灌木は、他の植物と同じく、私たちの些《さ》やかな庭の古い友達として新鮮な緑等の芽吹を愉しみ、淡紫の小さい花をめで、秋になると侏儒《こびと》の提灯のようなちっぽけな赤い実がなるのを、なにか子供らしく面白がっていたに過ぎなかった。しかし今年は違ってしまった。一週間ほど前、新聞で食用になる草のことが書いてあったのを読んだ日、私は若い手伝い娘と二人で脚榻《きやたつ》をもちだし、交る交る登って竹ざるに一杯この葉を摘んだ。そうして塩でいためて炊きこんだ晩の枸杞飯は、折よく配給されたお豆腐のお汁とともに、私たちの食卓を賑わした。このつぎはおひたしにして見ましょうよ。そういいながら私たちはまた新芽の吹くのを待っている。何度ぐらい摘めるものであろう。あとからあとからと柔らかい葉がでるものなら、それこそ当節のお台所には、金のなる木を見つけた以上に調法であるが、そう都合よくはいかないに違いない。

どっちに足を向けても十数歩を出ない狭い庭で、その上樹ばかり多くて日当りがわるいので、園芸的なたのしみはこれまで断念していた。しかし今日では、数奇を凝らした美しい庭も野菜畑に一変しようとしている。私たちも簡単に出来る種子を二三種買い、なりたけ日光がゆたかに射しそうな場所を択《えら》び、掌ほどの畑をそここに作った。待避壕の土手にはふだん草を蒔《ま》いた。手伝い娘は、三つ葉の根を四つどこからか貰って来て、その下に植えた。向側の、しゃがの花が群らがって咲く隅には西の陽が長くあたるので、二三尺掘り返して、ねぎを二十本ほど二列横隊に植えた。牛肉や豚がいつ配給されようと、スキ焼のかやくに事は欠かない。という意気ごみである。しかし南瓜《かぼちや》の種子はちょっと手に入らなかった。作るなら成りたけ良い種子で、という気もあって、私は、園芸学校につとめている親類の若い教授に手紙を書いた。注文の栗南瓜より先に、九州のものだというヘチマ南瓜の種子が七粒とどいた。ヘチマのような細長い実で、大層おいしいとのことである。それが小さい苗箱で芽をだしかけた頃、あとの栗南瓜の種子も送ってくれた。この方は八粒あった。上手に作れば一つの種子で六つ七つは出来るというから、十五粒の種子には、――と暗算をやって見て、うまく行くと百に近い南瓜が穫れるのがわかった時は、私たちはびっくりしてしまった。おお、なんと素晴らしいだろう。桃いろや樺《かば》いろの、大入道の頭ほどもある、でっかい、艶艶した、栗のようにおいしい百箇の栗南瓜！　置き場があるだろうか。物置にはとてもそんなに沢山ははいり切れないし、隣組だって、その時分には皆さん南瓜長者になっていなさるだろうし、押入に布団と同居させておくわけにも行くまい。あ、よいことを思いついた。空っぽの石炭小屋を、南瓜蔵にすればよい。久しく無用の長物になっている黒い汚ならしい小屋が、累累と積まれた南瓜で照り輝く光景は、想像しただけでもこころが躍った。しかしそれはまだ三ケ月も先の話で、私たちは先ず苗の植え場所から探さなければならない。――おや、なぜお笑いになるの。イソップの乳絞りの女の胸算用にならないようにですって。そんな、意地悪を仰《おっ》しゃると、筍ずしが出来たってお招びしてあげませんわ。

どこの家にも、季節によって家の自慢の食べ物がある。私たちの筍ずしもその一つで、普通の握りずしながら種には一切なまぐさを使わず、筍を主材として、卵の薄焼に、しいたけ、青いんぎんなどをあしらったものである。子供の時故郷の家で食べなれた味を忘れず、五月になって筍が出ると、よくこのにぎりずしを拵える。また私たちの古いあばら屋のたった一つの魅力である藤の花が、さかりの色を見せるのも丁度《ちょうど》この時分だから、筍のにぎりずしと藤の花とはなにか切り離されないものになっている。藤がきれいに咲きましたから見にいらして下さい。貰いものの筍もありますから、例のにぎりずしでも作りましょう。こんな便りを親しい友達にだすのもこの頃であり、五月というとあなたのところの二階の藤の花を思いだします、というような手紙もよく人から頂く。全く私たちの藤の花は、庭よりは二階に咲く。ありふれた平凡な花が、珍らしげに噂されるのもそのためである。もとより根は庭にあり、型の如く軒の高さに組んだ藤棚に這わせたものながら、前に書いた通り、狭いところに樹ばかり茂っているので、少しでも多く日光を求めようとした伸びあがった蔓が、二階の廊下の硝子《ガラス》戸の外に、もう一側、粗い板張になっている濡れ縁にもぐり込み、それについた手摺《てすり》にからみついて東から北へかけて、家の中腹に藤の蛇腹を拵えあげてしまった。どうしてこんなところに、と驚きの眼を見張る人に、私は、濡れ縁の丁度角のところから這いあがっている、太い、まっ黒な帆綱のような蔓をさし示す。はじめそれは、青い、しなしなした、一本の糸に過ぎなかった。同時に大宇宙の根元にしっかり結びついた生命の芽であった。どんなことをしても生きなければならない。成長しなければならない。花を咲かせ、実にならせなければならない。下の棚で生きて行くのがむずかしいなら、どこか生きられる場所を探さなければならない。藤は伸びあがり、伸びあがり、棚よりは一間も高い濡れ縁の板の隙間を見つけてそっと忍びこんでから二十数年のあいだに、細っそりした若い蔓は、斧を振るっても叩き切れそうにも見えない太綱に変り、東と北側の両側では八間にあまる手摺にぎりぎり捲《ま》かりついている。生きる力の逞《たくま》しさ、根強さを、折にふれてしみじみ思わせるのは、まことにこの藤である。

今年もきれいに咲いた。一粒一粒、薄いあずき色の苞《ほう》につつまれ、なにか鱗《うろこ》をかぶった生きものじみた蕾が、だんだんとふくれて可愛い胞衣《えな》をふり落すにつれ、藤ははじめて藤として誕生する。大した肥料もやらないので房はそう長くはないが、薄い紫の小さい花の群がりで、先細りに鋭角になって手摺をいちめんに飾る花の姿は美しく珍らかで、下の庭に立って仰ぐと、枝が空にさし出て、そこにも余すところなくつけている花房とともに、空中の花園の感じがする。棚の方の花の盛りは少しおくれる。それだけ日光が乏しいのである。待避壕は丁度その下に掘ってあるので、この間の演習の時とびこむと、すでに浅みどりに茂った若葉隠れながら、まだ匂やかな花房が揺れ、紫の色もあせぬ花の粒が茣蓙《ござ》の上に散りかかった。私は久しぶりに歌ごころをそそられながら、それにしても、待避壕の中で藤の花見をしたのは、いまだかつて覚えのなかったことだと思ったりした。

一匹の猫が二匹になった話

近ごろ私の家に生じた一つの出来事は、鷗外さんの訳で古く読んだ覚えのあるドイツの作家の、犬と猫との違いだけで同じ題名のついた短篇を思いださせている。

敢えて別な題をつけようとしないのはその為である。

ことは一昨年までいた黒猫の失踪にはじまる。その黒猫は、福岡から夏休に帰った若夫婦がつれて来て、そのまま置土産になったもので、当時ほんの掌にのる程だった小猫は、成長するに従って雄猫らしく逞しい黒猫になり、代代の飼猫と同じくみいやみいやと呼ばれて可愛がられていたが、二年目の冬から早春にかけて恋猫になってぶらつくあいだに、どこかへ行ってしまって帰らなかった。

親は野良猫だとのこと故、あれほど可愛がられても、浮浪性を遺伝的にもっていたのであろうと思われた。こんな場合、昔だと猫捕にとられて三味線の皮になるのを心配するのであるがその時の私たちは別なことを気遣っていた。まだ配給ではなかったが、容易に買えなくなった肉類には、猫や犬の肉が混っているとの噂がたっていたからであった。

珍らしく手に入れた鶏肉ですき焼などをしながら、みいを食べているのではないか知ら、と冗談と心配がいっしょに口を出る始末であったが、そのうち懇意なパン屋から雌の小猫を貰ったので、いなくなった猫はいつとなく忘られて行った。

今度のは白猫で、額の一部とそれだけ借り物のような長っ細い尻《し》っぽで三毛になっており、眼が吊るしあがり、顎がとんがって、どこか狐じみた顔つきであった。

いなくなった方は腹に白い縞が縦についているほかは、まっ黒な烏猫《からすねこ》であったが、艶やかな毛並で、黄燐《おうりん》いろの眼がらんらんとして、人間なら美丈夫といった趣で、その上、やらなければ肉にも肴にも決して手を出さないほどお行儀がよかった。

それから思うと、新らしい白猫は不器量なばかりでなく、乱暴で、下品で、食卓に飛びあがって皿のものを盗んだりするので、そんな時にはもとのみいがいかに悧巧《りこう》な、躾けのよい猫であったかを話しあうのであった。しかし、私たちは彼にもう一度めぐり逢う時があろうとは夢にも考えなかった。

ところが秋も半ばを過ぐる頃、同じような黒猫を時時家の周りに見かけるようになった。失くなったみいの運命にたいしては最悪な想像をしていたので、彼が帰って来たのだとははじめは思えなかったが、幅びろい銹《さび》のある啼声は、おやと思うほどであった。

私たちはなおも類似を発見しようとしたが、やって来るのは極《き》まって夕方で、それも台所の近くをうろついたり、物置の屋根で啼いたりするだけで、みいや、みいや、と、昔通りに呼びかけても、そばには寄らず、食べものをおいて釣りよせようとしても誘われず、ただ覚えのある声で、にゃご、にゃご啼くのみで、私たちを見ると素早く逃げだすので、うす汚く痩せていることと、もとのみいの艶々した毛並に比べれば、ずっと赤っ茶けているのが、うす暗い暮色のあいだでわずかに認められるに過ぎなかった。

そのうちその黒猫もぱったり姿を見せなくなった。人間に他人のそら似があるように、あれもただ似ていただけで、みいではなかったのだろう。私たちはそう考えた。

そうしてはじめの失踪がだんだん忘られたように、似た黒猫の出現もやがて忘られて茶の間の話題にものぼらなくなり、そこの座蒲団の上や、火鉢のそばには、成長するとともにますますお転婆になった白猫が、障子に飛びついて叱られたり、食卓を荒らして打たれたりしながらも、みんなの愛情を頼みきって満足そうにうずくまっていた。

この状態に突然異変がおきたのはついこの間のことである。その時ももう暮れていた暗い台所口にれいの太い、銹のある声が幾月ぶりかで聞こえた。私と三男が急いで行って見ると、半分あいた硝子戸の外のタタキの上で、夜のいろに溶けあって、にゃご、にゃご啼いていた。

冷蔵庫の横においてある猫の皿に御飯をいれて閾際《しきいぎわ》に出し、みいや、みいやと呼んだら、一層にゃご、にゃご啼いて、しばらく躊躇していたあとぴょいと飛びこんで来たと思うと、皿に突進してがつがつ食べだした。全く皿まで食べそうな勢いで、空にする度に新らしくついでやったのを、三杯たてつづけに食べてしまった。

そのあいだにいろいろ特長を調べて見た私たちは、左の耳にある切れ目と、なにか結び目のようにくっついた短い尻っぽで疑いもなくもとのみいであるのを知った。

秋に一度近づいて来たのも、多分彼であったのであろう。その時に較べれば肥えて一層大きくもなり、毛並も綺麗になったがおそろしく飢えていたらしい。

一時は野良猫になったが、やがてどこかに飼われているうち、最近の有様でその家から締めだされ、もう一度宿なしになってぶらつく間に、烈しい飢が、昔ゆたかな食べもののあった台所を思いおこさせたに違いない。

犬などから見ると、場所や人間に対する知覚も執着も鈍いとされている猫であるだけに、この現象は私たちに多大の興味を与えた。

ただ恐慌を来たしたのは現在の私たちのみいなる白猫である。胃袋がいっぱいになって落ちつきを取り戻した黒いみいが、台所から次の六畳へ、昔の匂いをかぎながらはいって行き、それから奥の茶の間へと、幾らかおずおずしながらも勝手を知った風で現れたのを見ると、火鉢のそばから飛びあがり、ううッと短く唸って虚勢を張ったが、殆んど倍近い真黒な相手にすぐ威圧され、そのまま廊下へ逃げだしてもまだ怖いと見え、とうとう洋間の階段を駈けあがって、踊場の隅に小さくなっていた。隣家の犬にも負けずに立ち向って行くおはねだけに、その怖じけ方は私たちを笑わせた。

しかし夕食後からお針のけいこに出かける手伝い娘は、毎晩白猫を床に入れて寝るので、帰って来てそれが見えず、思いがけない黒猫がいたらびっくりするだろうと考えたから、帰ったら事情を話してやるように、と遅くまで起きているものに頼んでおいて、私は二階の寝室に行った。

朝になって、どう、昨晩は驚いたろうというと、ええ、奥様、たまげっちまいましたわ、と田舎言葉をだしながら、寝床にまでもぞもぞはいって来たので、怖くてどうしようかと思ううち、眠ってしまったのですが、今朝見たら黒猫はいなくなって、白猫がちゃんとはいっておりました。という。それにも私たちは笑わされたが、笑いごとでないのは、二匹になった猫をどうして養って行くかである。

白いみいはほんの少ししか食べないので、この際でも一箸か二箸そのために私でも控えればよかったが、黒いみいのたんらんな食慾は忽《たちま》ち台所を恐怖に陥れた。

その上終日どこかへ行ってしまって、三度の御飯時になると、にゃご、にゃご帰って来て食べるのである。あんまり現金過ぎるのに呆れながらも、私たちには以前からの根深い愛情があり、たまに縁側に悠悠と寝そべっている姿は、久しぶりに帰った、腹立たしく、可愛い放蕩息子を思わせるが、手伝い娘にはそうは行かなかった。このまっ黒な気味のわるい大物喰いは、白いみいに対するのみでなく彼女にも先輩ぶっていた。

そうして、彼女の分まで食べこみそうな点では憎むべき競争者であったので、幾らうるさく啼いて皿のまわりをうろついても、容易にやらなかった。するとシイツにつけた糊滓《のりかす》がごみ桶にはいっているのを見つけ、旨そうに食べてしまった。

彼女が呆れ顔でもって来た報告は、ようこそ帰ってくれたと愛《いと》しむ思いの中で、私のころを痛めていた懼《おそ》れを取り除いた。もとはかけてやる鰹節のよいわるいまで知っていた美食家のみいも、時代を認識して糊滓に甘んずるなら、彼の食糧問題は解決される。どんなに気をつけても、お釜の洗い流しや、時たまのお焦《こげ》は仕方がないのである。すべて大事に壺に保存され、洗濯日の糊になっていたこと故、シイツや浴衣の寝巻を板のように硬くする代りに、一つの小さい生きものの餓死が救われることは、お上でもお咎めはないだろうし、粒粒辛苦《りゆうりゆうしんく》のお百姓も寧ろ喜んでくれるに相違ない。

ことに普天《ふてん》の下、率土《そつと》の浜《ひん》に遍《あまね》く及ぶ皇威は、鳥類畜類はもとより、非情の草木までも余す筈はないのだと思えば、この黒猫を突っ放して、親と同じ野良猫にする気にはなれないのである。

私の茶三昧

毎日の朝食をお抹茶にかえたのはいつからであったろう。はっきり覚えないほど長い習慣になってしまったが、終戦の後、久しく外国で暮した長男が就職の関係で京都に住むようになってからであることは間違いない。さりとて炊きたての御飯にお味噌汁の魅力を失ったわけで決してない。むしろ、いわゆる銀めしを朝から食べられるのは当時は無上の贅沢としてよかった。ただ書斎にとじこもって暮すのには、朝からのおもい食べものは次第に避けたい健康状態になったし、トーストに紅茶では昼御飯にまた同じものになりかねなかったところへ、ちょうどお抹茶が割りこんで来たわけである。

京大の御仲間と官休庵《かんきゅうあん》の宗匠へお弟子入りした長男が、上京のおりに楽《らく》の白い茶碗をもって来てくれた。そのほかには抹茶の茶碗らしいものは、故人が北軽井沢での夏の山荘暮しのあいだの手ずさびに残したものが一つあるに過ぎなかった。それも自らひねったのではなく出来あいのものながら、見込みいっぱいに翁面を描き、外側に「春寒くたうたうたらりたらり哉」の一句を散らし書きにした点がめずらしく、また思いいでの深い形見になっている。これにもう一つ加えられたのは谷川徹三さんからの頂戴物である。

谷川さんは私の風変りなブレックファストのことを知ると、御秘蔵の中から一つを贈ってくだすった。縁のかげ目に金を厚くかぶせた立派なそば青磁で、私はそれによってはじめて本格的な茶碗をえたのである。でも、正直にうち明ければ、お抹茶の作法なるものはとんと知らないままになっている。ほんの手ほどきを受けたのもまだ小学校のころで、どんな順序でどんなことをしたかより、覚えているのはしびれが切れて困ったことだけだから、毎朝欠かさぬ食事代りの御茶とても、流儀も点《た》て方もあったものではない。それこそ落語の熊さんのお茶以上だとわれながら時におかしくなるくらいである。

ついでにうち明ければ、おきて顔を洗う時には冷たい牛乳をまずコップに一杯飲む。それから書斎にはいって書くか、読むかして、一時間から二時間ぢかくもたってあたまが疲れて来た時がお抹茶の朝食になる。その意味では胃袋の要求より、むしろ疲労休めのためといってよいが、どちらにしろ、その時刻には冬だとそばの薪《まき》ストーヴの上のやかんが白い湯気をたてている。私は隅の小卓に盆にのせていつでも用意してある茶道具を机の上に移し、ほどよく暖めた茶碗でおもいきり大服《おおぶく》にたてた茶をかならず二杯飲む。またいっしょにお菓子をたくさん食べるが、それにはちょっと贅沢をする。空也《くうや》のものは絶やされない。重過ぎるようかんよりカステラで、それも店がきまっており、最後にうす焼きの塩せんべいをかりかり噛んでさっぱりした味を愉しむ。毎朝のこれらの十分なヴィタミンCと甘味の摂取のせいかして、私はもう久しいあいだ間食というものを欲しいとおもったことがない。

お抹茶は宇治の林屋から送らせる。それも長男が同家の息子さんのひとりと親しい関係からはじまったに過ぎないが、遠方のことで一つ、二つというわけにもいかないから注文も半ダースぐらいになる。いくら毎朝食事代りにしたところでそんなに沢山では、味も香もない茶になるはずといわれそうだが、決してそんな始末にはならずにすむ。はんぶん以上はどなたかに差しあげてしまうから。宇治から御茶がとどいているのよ、お持ちにならない。小包がついた当座に見えた親しい人々には、私はきっとそういう。一つ一つビニールの袋につまった小さいお茶のかんは、ハンド・バッグにもポケットにもかんたんに押しこめて都合がよい。しかしこうした捌《は》け口があるとは知らないものには、割りあいにひんぱんなお茶の注文は私がよほどの茶人で、しばしば茶事でも催しているかのように想像させたとしても無理ではない。いつか京都の御茶の雑誌社から茶道についてなにか書くように依頼された時にはびっくりし、またおもしろくて笑ってしまった。

しかし運命はなんと皮肉であろう。数年まえから『秀吉と利休』について書くことを思いたって以来、机上には嘗《かつ》てなく茶に関する書物がつねにおかれることになった。私はこの俄《にわ》か勉強を畳のうえの水泳にたとえて自ら嘲《あざけ》ったが、それはただそれだけの変化で、毎朝のおかしな茶三昧にはみじんかわりはなかった。でも釜一つですべてを済ましたへちかんの茶に較べれば、私の三つだけの茶碗もまだ多きに過ぎるくらいであろうし、時々茶杓《ちゃしゃく》が見つからない場合銀のスプーンを代用しても、あの黄金の茶室のそれよりいっそ清雅とされるだろう。最後には「茶は湯を沸むまで」の悟りに到達した利休が、仮にまだ存命していたとして、またもしか親しい人のひとりであって私の毎朝の茶のことをきいたとしたら、それで結構ですよ、といってくれそうな気がする。

山姥独りごと——同年の中央公論について

朝はお抹茶のがぶ飲みだけ。昼は近くの牧場からの新鮮な牛乳二合に、それも大さじ二杯のエクセルプロを溶かし、パンも半分だけのなんとも簡単な食事をすますと、私はすぐベットに横になる。この午睡は、年をとるにつれて大事なきまりになり、どうかすれば二、三時間も寝こんでしまうことさえある。しかし山住みの気楽さは、啄木鳥《きつつき》がたまに雨袋をこつこつ叩きに来るくらいで、誰に邪魔されることはないが、ただ電話だけは別である。何度かけても出ないから、からだの調子でも——と、そんな心配までしたとの手紙がとどいたりする。お手伝いさんは一日おきにしか来ないし、啄木鳥はノックはしても、電話のとりつぎまではしてくれない。しかし昨日の嶋中行雄さんの電話は一分とは待たせなかった。まだうとうとしていたし、また東京の家のものの配慮で、すぐ枕もとに直通電話が設けられているのだから。

通話がすんだ時には、午睡も終っていた。でも私はベットから離れず、まじまじと、眠りがつくった夢とは別な夢を追うていた。行雄さんは中央公論が創業から数えてこの十一月がちょうど九十五年になる。それで記念号を出すにつき、私にもなにか執筆するように、との要請がさっきの電話であり、またそれには、私自らも九十五歳で、同い年の意味も加わっているらしい。不思議な廻《めぐ》り合せである。そんな感慨がまず生ずるにつれ、枕もとの電話器が、ずっと向うの部屋のテレビに入れ代ったかのように、中央公論社との今日までの長い触合いがスクリーンの一コマ、一コマのように意識に展開した。でも正直なところは、外側の唐松林のすそは渓流で、向側は山でしきられている条件から、テレビはほんの一、二のチャンネルしか役たたず、それも天候次第で、正しい作用はしてくれないが、しかしそれがまた私のその時の回想には似ていたともいえる。すべてが遠いむかし話になるのだから。

それでも決して忘れることのできないのが、中央公論が春と秋の二度にわたって出していた特輯《とくしゅう》号が、私には文学修業の大切な道場になっていたことである。編輯長で、夏目先生からの関係から接触のあった滝田哲太郎氏は、私がどうにかまとめあげようとしているもののあるのを知ると、いち早く掲載を約束するのみでなく、自分から前触れをしてくれる有様であった。いうまでもなく、春秋の特別号は文壇の登竜門とされていたのだから、私としてはひたすらそれ一つへの没入が必要である。それ故たまたま頼まれる執筆に対して私はなんと頑固に振舞ったろう。今にして思いだすと、よくもあんな真似ができたものだ、と恥じ入るのみである。すでに家庭をもち、三人の子供をもちで、自由な時間は、欲しいほどにはえられなかったためでもあるが、いま一つは、お金のために安易な仕事をするのを、いまから覚えたら、もうお仕舞いだ、といった考え方を一途に守ろうとしていたためで、それ故の素っ気なさを、同じ中央公論の嶋中雄作氏に対しても平然と示して憚《はばか》らなかった。その頃の嶋中さんは新しくはじめた婦人公論に熱情を注いでおり、私にもそれが十分に解っていたのになんにもお役にたとうとはしなかった。当時中央公論社のあった本郷の西片町からはもう郊外の、墓地に通ずる染井あたりには、現在のような交通網はほとんどない。わずかにあるといえば、人力車のみである。それ故滝田さんは編輯長らしい特権で、宿車も二人曳きといった奢りを見せるのに引きかえ、嶋中さんはいつも徒歩であった。西片町からは小一里はあるはずだ。それも古街道の埃りを浴びてわざわざ訪ねてくださるのに、私はいつものように

「書けません」

の一言をくり返すのみで、部屋にさえ請じ入れようとはしなかった。玄関の格子戸の嵌《は》め木の縦にならんだ並列から、嶋中さんが肩をおとし、前庭のわりに長くつづく踏石伝いに入口の方に去って行くうしろ姿を幾度となく見送ったのが、私のまぼろしには消えていない。それどころかあとになるほどいよいよ鮮明で、思いだすのも恥ずかしいものになっている。嶋中さんはこんな私に咎めだてをしないばかりか、いつも好意を示してくだすった

もので、とり分け、あるじの野上が、いわゆる法政事件で職を失った時「能楽全書」を発行してくだすったのは、感謝の言葉もないほどのことであった。おかげで一家は生活をどうにか守り得たにとどまらず、野上はまた学校の仕事で没入のできなかった、能楽への新しい研究に専念することができたのだから。

しかしこんなことも遠い過去に埋没されてしまった。嶋中さんがひとり社員から社主となって以来、あの方らしい着実な行き方で、戦時、戦後の、いまからは想像されないほどの労苦をきり抜け、護《まも》りぬいた中央公論が、ちょうど九十五歳と聞かされるにつけ、またはじめに書いたように、私とは同い年のめぐり合わせにも感慨が深いが、それにしても、染井の家へしばしば訪れてくだすった頃の嶋中さんは幾つぐらいであったのだろう。まだほんの若い、二十台の方であった気がするが、どうであったろう。

私が思いでを追いながら、こんな年齢まで数えたい気になったのは、ひとつはおかしな癖で、ひとの年齢をきいて、それにふさわしいか、どうかを思う時、しばしば妖しい錯覚を感ずるからである。

おうち明けすれば、そのもっとも著しい例を私は夏目先生に対してもっている。ほんの五十を出たばかりに没しられた先生は、今から数えれば私の半分近くしか生きられなかったわけだ、とは到底考えられない。弟子たちがどうかして「翁」と呼んだりの冗談が、却ってまことであったかのようである。ところで、早稲田南町の頃には門下生に加わっていた芥川さんについてはどうだろう。自殺などしていなかったら、彼もすでに八十台である。しかし禿頭か或るいは白髪で杖にすがってよろめく芥川竜之介を誰が想像し得るであろうか。もしか同じような分類で、この中央公論の文学欄に活躍した、正宗さん、永井さん、谷崎さん、志賀さんといった諸氏の方に加えて見ようとすれば、秋の夜長の暇つぶしにちょっとおもしろいのみでなく、明治の文学史にも一種あらたなつけ加えをするかも知れない。

バウム・クーヘンの話

生者必滅《しょうじやひつめつ》、会者定離《えしゃじょうり》は、仏さまの言葉をひくまでもなく、何人《なんぴと》も免がれえないことながら、「生」を受けた時には、大いに悦び、迎えられ、よくよくの事情でもない限り、このしきたりから外されるものはない。とはいえこの儀式は一度きりだ。現在のように毎年、その人の生まれた日にお祝いをくり返し、なにか贈り物をしたりは、冬のクリスマス、春のバレンタインのチョコレートに等しくクリスト教のもたらした流行の一種だとされるだろう。もとよりそんな考え方は本格的に敬虔なクリスチャンに相すまないし、私自らも女学校はクリスト教に準じたものであったし、息子たちのところでもカトリックを奉ずる家がありながら、いわゆる「母屋」なるかたちの私のところでの集りは、「クリスマス・ツリー」なる火のついた小さい蠟燭《ろうそく》や、プレゼントのおもちゃに飾られたマントルピースを前にして、幼稚園や、小学校で覚えた唱歌を披露したりの後、その御褒美に、サンタ・クロースなる白い鬚《ひげ》の外国のお爺さんが持って来てくれたという美しい絵本やおもちゃを貰う。いわゆるクリスマスが彼らにはそれであった時期が終るとともに、私のところのクリスマス・パーティも自然消滅となった。

これも輸入ものながら「バレンタイン」の方はだいぶ様子が違っていたとされるのに、それも等しく流行ものになったのは、日本のいわゆる高度成長のためであるかも知れない。

しかしこんな現象も年齢的なもので、なにごとも若造に負けまいとする派手好きなお爺さんでも、クリスマス・ケーキは、孫たちへのお土産のつもりでいとも自然に買いこんでも、バレンタインはまだそこまでは達していないのではなかろうか。

どちらにしろ、何事もぼんやり過す癖の私は、それらの季節的なことはもとより、還暦の、古稀のといったものまで、とんと忘れたままであった。しかし「時間」の歩みに待てしばしはないから、いずれは行くべきところへ行かなければならないが、それについて思いだすのは、ソーニャ・コヴァレフスカヤの「対死観」である。それに対する彼女の怖れは、「死」そのものより、むしろその後にあった。お棺に納められ、地下に深く埋められたのに、どうかしてそれが仮死であって、ふと息を吹き返したとすれば——天才的な数学者で、ヨーロッパでの最初の婦人大学教授であった彼女は、一方にもっていた文学的なすぐれた描写で、底深い暗黒の地下で生ずるはずのさまざまな必然性を語るので、みんなぞっとしたものだというのである。

古代エジプトのミイラはこんな恐怖をまぬがれ、しかも永遠に生きる方法だとされたのである。ルクソールの河畔からナイルを渡れば、すぐ向側の丘陵地帯に散在する「王たちの墓」がそれを教える。なにごとも古く遠いエジプトでは、発見もわりに近代の「ツタンカーメン」の墓のごときは、まだ青年のころの「死」であったため、「玄室」の石棺の上におかれた黄金のさんらんたる姿など、なにか歌舞伎の「太閤記」十段目の若武者、十次郎の美々《びび》しい緋《ひ》おどしの鎧《よろい》姿を思い偲ばせる。こうした永遠の若さと美は、両側につづく通路の壁画の人物らが、それぞれに捧げもつ「みつぎもの」によって保たれるわけであるが、これに較べると、クレオパトラの蛇の利用は、簡単なようでかえって彼女らしいふくざつな心理にもとづいたものかも知れない。可愛らしくちいさい蛇にかませての一瞬の絶命は、ミイラで生き残るよりずっと美しい死になったわけだから。

バレンタインのチョコレートが妙な話になってしまったが、机仕事をしていても、それだけは、と思ってスイッチをいれたテレビのニュースが、なんとも今日はそのバレンタインのことであった。銀座あたりでは、四日後に迫るその祭日にそなえて盛んな準備がすすめられ、チョコレートのお菓子そのものも数十種に及ぶものが作られているが、なおも驚くべきは、買ったチョコレートが、贈りたいひとにただちに届くように、郵便局めいた設備さえそなわり、日本でも夥《おびただ》しい現在の若い働く婦人たちは、いち早く、また威勢よく予約に押しかけるとのことである。

しかし私のところでは、クリスマスが幼い子供たちの成長とともに止んだ以上に無縁の気がつかず、還暦も古稀も、前に述べた通り、こんな輸入ものには限らず、忘れたままになったのである。ところが今年はお正月とともに「白寿」ということになり、たいそうお目出度いのだと教えられた。そう聞けば、とぼとぼと遠くも来ぬるもの哉の思いはするが、正直なところ、他の年齢的な記念日をよそごとにしたに等しいものであった。ついでにおうち明けすれば、私は誕生日さえきちんとは覚えない。さすがに明治十八年五月の生れだけは忘れないのに、六日であったか、それとも八日か、まぜこぜになり、署名とともに生年月日を書かなければならない場合など困ってしまい、いよいよ呆けはじめか、と悲観のおもいが湧くが、ついでに返り見れば年齢の問題にはかぎらず、生まれた時からぼんやりしたことが絡まりついていたらしい。だいいち命名からがそうだといえる。春も遅く咲く庭の八重桜にちなんでつけたとのことながら、すでに娘に育った頃には、そのあたりは田舎の酒つくりの家には大切な作業場にとりこまれ、わずかに名残りの切り株が見いだされるに過ぎなかった。もしかそれがもとの美しい花をそのまま咲かせていたら、私もそれにあやかっていたかも知れないのに、とつくづく残念にたえない。もしかしたら、私が何日に生まれたかを正確に覚えないのも、それがめぐって来るたびに、自らの美しさにあらたに満足するような悦びをもたないからかも知れない。

ところがこの近年、私にはお誕生日と奇妙に親しい接触がはじまった。いつ頃からになるだろう。それもはっきり覚えないが、もとより戦後で、かれこれ十年前ぐらいにはなるとどいた。神戸のドイツ系のお菓子の製造会社から、誕生日のお祝いとしてお菓子の小包がだろう。添えられた手紙では、私が健康で仕事をつづけているのが祝福され、従業員一同の名前になっているが、それがまた日本流の、とはいえこの頃では珍しい巻紙で、筆のあとも達者な本格的なものであるのに私はいよいよびっくりし、開けて見ると、中味はドイツ流の「バウム・クーヘン」であった。玉子いろと、淡い褐色の線で、年輪をいとも細やかに、それで鋭くたたみ合わせながら、最後にはなんとも円《まろ》やかな美しい球になっているのは、ナイフを入れるのが惜しいくらいだから、流行の宣伝か、など思うどころか、無精者の私が御礼を忘れまいとした。しかし正直なところ、それには気のひける思いが伴い、そんな贈りものを受けとる資格があるだろうか、とあらたに胸に手をあてたものだ。

鹿児島県・徳之島でかくしゃくとしていなさる泉重千代氏は、日本一の長寿者でいなさるのみでなく、世界的なものだとさえ見られている。ソヴェート・ロシアもコーカサス地方に代表される長寿者とて、出生が日本のように正確でないから、驚異的な年齢も伝えられる通りか、どうか、疑われなくもない、といわれる。どちらにせよ、それらの人々とは較べものにならない私が毎年そんな贈り物を受けとるのは図々しい次第ではないか。しかし「時間」というものも場合によってはなかなか調法なもので、バウム・クーヘンが年輪をいとも正しく重ね合わせるように、私もあの誕生日のお菓子をはじめて受けとった時にさかのぼれば、いまはもうその資格が十分できた、とされるかも知れない。どうかして不図そんなことを思ったりすると、私の意識はなんとも素早く妖しいまでの飛躍で、一瞬まえには思いつきもしなかった主題に絡みつく。これも大戦前ロンドンで聴いた(当時の)蘭領東印度の、舞踊についての講演である。話したのは「テイル・オヴ・ゲンジ」で日本にも知られているアーサ・ウェイリーの女友達で、それらの主題では権威者という中年のオランダ婦人で、蒐集された古代からの舞踊の装束、楽器のいろいろ、さまざまを見て廻ると、私の幻影にはそれらが「舞楽」や「能」にからみつき、たどれば私たちがもっている「羽衣伝説」が生みだされたのも、これらの「海」でこそ、と思われてならなかった。

そういえば、講演のあとつけ加えられた蘭領東印度一帯の実写が、なんと日本風であったろう。小高い山の細道ぞいに、笹の藪がこんもり茂って、小雨に濡れた風情など、いまにも紺がすりに、手拭いを姉かぶりした女のひとが、すたすた急いで来そうに思えたものである。しかしこんな時代を逆に数えれば、どんな遥かな「時間」になるだろう。「羽衣伝説」の天女のひとりが南シナ海のだぶだぶと青いゆたかな波に戯れているうち、日本の三保の松原にまで漂い、漁師の白竜につかまって、奪われた羽衣をとり戻すのを条件に「霓裳羽衣《げいしょうう い》」の一曲を舞った、とのいい伝えにも、いかにも真実性が感じられる。

そんなことを辿《たど》りかけると、私の癖で意識がとんでもない屈折をする。「羽衣伝説」の天女たちが、そうやって青い海で愉しく戯れているあいだには、日本の三保の松原などよりずっと近い屋久島あたりに出かけなかったはずはない。とすればあの島の、現在では樹齢幾千年ともわからないとされる杉の老樹も、そのころにはまだほんの若木で、さし交わす枝々も瑞々しくしなやかであったろう。こんな計算にもとづいて、現在の屋久杉の「バウム・クーヘン」をこさえるとすれば、いったいどんな巨大なお菓子ができるだろう。円いかたちだけはそのままながら、無辺際《むへんざい》に果てしない天体のようなものにもなりかねない。ことにまた最近の天文学では評判の「ブラック・ホール」にでも出逢ったら、それこそほんのちっぽけな一箇のまるいお菓子にも過ぎないものとして吸いこまれたのではないだろうか。「バウム・クーヘン」が妙な話になってしまったが、私のわるい癖で、こうした屈折ははじまるとつぎつぎにあの年輪のごとく重なりあい、脹《ふく》らみを増して行く。あの「ブラック・ホール」が近づくものの悉《ことごと》くを飲みこむような事態が生ずるとしても、どうかそれがつねにお菓子であるように、同じまるいものでも似て非なる怖ろしいものではあってはならない。いま人類が全世界的な祈願をしなければならないのは、それだ、といえるだろう。

解説（中里恒子）

金井景子（早稲田大学教授）

川端康成や小林秀雄、白洲正子らにあつい信頼を寄せられていた京都の古美術商・柳孝は、中里恒子の魅力について、比類ない端的なことばで表現している。曰く、「眼すじの良い方」（「眼すじの良さ」、『中里恒子全集　第18巻　月報』、一九八一・三、中央公論社）。

中里恒子が柳孝の店を初めて訪れたのは、後に歴史小説『閉ざされた海』（一九七二、講談社）としてまとめられることになる宇喜多《うきた》秀家やその妻・豪姫について、構想を巡らしていた一九六〇年代後半にあたる。桃山時代の茶人や武将の消息（手紙）を求めて来店したのだが、その折の中里恒子の品選びに対して得た印象が、骨董商の用語である、右記のことばであった。

この「眼すじの良さ」こそ、本書に収録された随筆すべてに貫流している中里文学の特性であると言っても過言ではない。それを育んだ要素が無数にあることは承知の上で、いま、試みに次のような三点に集約してみる。一点目は、豊かな暮らしに醸成されつつ、それを根底から見詰め直す経験を重ねてきたこと。二点目は、文学修業の中で多くの優れた文士たちと交流し、彼らの去就を見届ける役割を果たしてきたこと。三点目は、衣食住の隅々にまで行き渡る充実や洗練――いうところの文化資本の蓄積と暮らしにおける実践を、何者かになった証しとしてではなく、年齢に囚われず、新たな存在へと踏み出す起点とする発想を持ち続けたことである。

中里恒子は一九〇九（明治四二）年に、神奈川県藤沢市に父・万蔵と母・保乃の次女として生まれている。中里家は代々、呉服太物問屋として栄えた富豪であったが、父が書や和歌・俳諧、古美術蒐集に傾倒したことにより、恒子が小学校に上がるころには破産して店を手放すことになった。一家は伊勢佐木町一帯の地主であった父方の叔母に助けられつつ、過ごすこととなる。長兄は横浜財界の重鎮・増田嘉兵衛が経営する貿易会社に勤務し、ロンドン支店に派遣され、また長兄と同じ会社に勤めた次兄もシドニー支店への転勤を命ぜられる中、恒子は横浜紅蘭女学校（現・横浜雙葉学園）に学んだ。

一九二三（大正一二）年、経済恐慌のあおりで増田嘉兵衛の営む貿易会社が倒産し、帰国命令を受けて次兄は帰国、長兄はイギリス婦人と結婚して後に帰国した。関東大震災により、家も学校も倒壊したことで、恒子は暮らしの原点を見詰め直す経験をする。被害が少なかった川崎実科高等女学校に転校し、同校を卒業した。

読書好きの少女が、本格的に文学を志す契機となったのは、母方の縁者であった菅忠雄

（当時、文藝春秋社勤務）の紹介で、永井龍男の知己《ちき》を得たことである。菅忠雄は恒子の文才を認め、作家修業の手解《てほど》きを行い、一九二八（昭和三）年、「創作月刊」（六月号）にデビュー作「明らかな気持」が掲載された。以後、永井龍男の推挽《すいばん》で堀辰雄や竹山道雄、神西清らの文芸同人誌「山繭《やままゆ》」に参加し、また渡辺千春伯爵未亡人・とめ子が主宰する文芸同人誌「火の鳥」にも活躍の場を拡げる。「火の鳥」に掲載された作品群によって、後には横光利一や川端康成にも注目される存在となった。恒子が兄の友人の弟である資産家・佐藤信重と結婚したのは、こうして作家として歩き始めた年の暮れ、一九歳のときである。佐藤家には、義兄の結婚相手であるフランス婦人がいた。結婚翌々年には長女・圭子が誕生している。

本書の冒頭を飾る「閑日月《かんじつげつ》」（「火の鳥」、一九三三・一）が発表される前年、軽い肺結核を患った恒子は、新婚生活を送った東京を離れ、養生のために逗子町桜山に転居した。幼少時から縁のあった同地に魅せられた恒子は、ここにサンルーム付きの家を建て、以後生涯を通じてここで暮らし、執筆活動をすることとなった。実兄や義兄の連れ合いであった西洋婦人たち、その子どもたちである姪や甥たちとの交友の舞台となった家でもある。戦後、夫と離婚した後も、この家を離れることはなかった。「女三界《さんがい》に家なし」ということばが当たり前のように使われていた時代、ヴァージニア・ウルフが女性が小説を書く必須条件として「私だけの部屋」の必要性を説いた時代に、自分の居場所をひっそりと死守して書き続けたのが、中里恒子であった。本書の「I　日々の楽しみ」に集められた作品群によってその暮らしの中で磨かれた感性や洞察力に惹かれた読者は、ぜひ『わが庵』（一九七四、文藝春秋）をご一読されたい。

一九三九（昭和一四）年、前年に「文學界」（九月号）に発表した「乗合馬車」他によって第八回芥川賞を受賞。女性初の快挙であった。「乗合馬車」は異国暮らしを余儀なくされた外国人の親族たちとの触れ合いを綴った作品で、後に連作小説『まりあんぬ物語』（一九四七、鎌倉文庫）として中里文学の中軸を担うものとなった。本書の「II　旧友たち」に収録された「横顔」の横光利一、「生涯一片の山水」の川端康成、「河上徹太郎さん逝く」の河上徹太郎のいずれもが、「文學界」の同人であり、恒子の才能を高く評価して畏友として彼女を育ててきた人々である。ことに横光利一からもたらされた「書き過ぎてはいけない」ということばを恒子が生涯大切にしたことはよく知られている。素直に導かれ、面白さを知ると静かに徹底した努力を重ね、手解きをした者が想像もしなかった境地に至る――川端康成や河上徹太郎ら、横光利一よりも長く生きて、中里恒子の文学者としての成長を見守った人々は、瞠目したに違いないのである。「III　本と執筆」には「俳句と小説の差（抄）」が収められているが、俳句の世界に恒子を導いたのも横光利一であり、恒子は後に「銀座百点」の忘年句会のメンバーを長年にわたって務め、句作の妙味も味わい尽くしたようである。

一九五六（昭和三一）年、アメリカに留学していた一人娘・圭子がアメリカ人と結婚するという知らせを得てショックを受けたが、「わが庵」に一人で暮らし、書き続ける決意を固めた後に待っていたのは、ゆっくりと止むことなく晩年まで続く円熟の季節であった。それぞれに年を重ねた男女の恋を清新な筆致で描いた『時雨《しぐれ》の記』（一九七七、文藝春秋）はベストセラーになりドラマ化や映画化されたことでもよく知られている。が、同年に刊行された『ダイヤモンドの針』（講談社）と題する、恒子自身の結婚と離婚の経緯を冷静で精緻な筆運びで綴った懺悔《ざんげ》録、この二冊が併せ読まれてこそ、中里文学の真価が解ると言っても過言ではない。自由恋愛などとは無縁に、生きる方途として制度としての結婚を選び、真摯に生きて来た人々の中に在る、一世一代、好む人と好むように生きることへの希求。中里恒子が七十代を前に至りついた一つの文学的境地は、大人の恋を愛欲の場としてではなく、出会った二者の言葉遣いや振る舞い、佇まい、暮らしの隅々に行き渡る気配の交響として描き切ることにあった。書画骨董の好みや、歌舞音曲、茶や花のたしなみについてやりとりする恋人たちは間違いなくスノビズムに陥るものだが、『時雨の記』や『綾《あや》の鼓』（一九八五、文藝春秋）がそれを免れているのは、趣味趣向が自身の出身階層や地位を語るものではなく、彼等自身が自在の境地に在る証しとして描かれているからに他ならない。「Ⅳ　おんならしさ」に収録されている「今朝の夢」が「婦人之友」（一月号）に発表された一九七八年は、『ダイヤモンドの針』と『時雨の記』が刊行された翌年に当たる。二十二年振りに渡米し、娘が彼の地に永住する意志が確固たるものであることを知った後、中里恒子は書斎の増築を実行している。七十歳を目前にした決断であった。「ひとの世の思いは深くなる、まだ未来がある」というマニフェストに違わず、中里恒子は七十七歳の死の直前に至るまで、「わが庵」での暮らしを慈しみながら、旅を楽しみ、ペンを執り続けたのである。

解説（野上彌生子）

ソコロワ山下聖美（文芸研究家・日本大学芸術学部教授）

九十九歳十一ヶ月でこの世を去った野上彌生子（一八八五〜一九八五）は、日本近代文学史上、稀にみる長命の女性作家である。ただ長く生きただけではない。近代から現代という激動の世において、周囲に流されることなく、文学者としての正統を保ち続けた希有《けう》な作家であった。

師匠は、文豪・夏目漱石。夫は能研究の権威、野上豊一郎。三人の息子はそれぞれ研究者となった。知に満ちあふれるファミリーの脇を固めるのは、雑事をこなしてくれる女中たち。そして、かわいい孫が、読書と執筆で疲れた頭を癒《いや》してくれる。

野上彌生子は、こうした人々に囲まれながら、安定感のある恵まれた文学的環境に身を置いた。本当に書きたいものだけを書き、面倒な人付き合いや生活苦にも翻弄《ほんろう》されずにマイペースに生き抜き、約百年かけて自らの文学を完成させた。

師匠・漱石をはじめとする彌生子のファミリーたちは、彼女の随筆中にしばしば顔を見せる。「毀れた玩具の馬」では息子との交流をほのぼのと描く一方で、三歳の幼児をも一人の人間として冷静に見る、作家としての観察眼の鋭さを示した。また、「嫉妬」という随筆が面白い。女中が雨戸に乳首を挟み、痛みと恥ずかしさにむせび泣く姿に若さを感じて嫉妬してしまうという内容だ。日常の暮らしのリズムのなかに、女中の乳首を通してわき起こるどこかユーモラスな嫉妬心は、生ぬるいリアリティーがある。「カナリヤ」にも、少しとぼけた女中が登場するが、野上家の女中の存在感は抜群だ。

さらには、成城の自宅、軽井沢の山荘での生活も随筆中に多く語られる。「やまびとのたより」「山草」「ひとりぐらし」「秋ふたたび」などの一連の随筆では、山荘の草花や樹木、鳥の鳴き声に囲まれる生活をゆったりと描いた。山荘で、時計は必要ない。自然の流れに身をまかせる彌生子の姿には、自らをせかせかと時代にリンクさせていくような焦りが微塵《みじん》も見られない。だからであろうか、一読すると、どの時代に書かれたものなのかよくわからない上に、そんなことはどうでもよくなってくる。ちなみに、先にも紹介した「カナリヤ」には、飼っている鳥が雌なのか雄なのか、一切気にとめない野上家の人々が描かれる。気にしない、どうでもいい、という感覚。決して投げやりなわけではない。百年の時間をもった彌生子の余裕というべきか。

一方で、時代を早足に駆け抜けていった作家たちも随筆に多く登場する。「野枝さんのこと」「芥川さんに死を勧めた話」「宮本百合子さんを憶う」で描かれる伊藤野枝、芥川龍之介、宮本百合子は、長くはない生涯を送った時代の勇士たちである。彼らに対する彌生子の言葉は真摯だ。とくに、二十八歳でむごい殺され方をした伊藤野枝に関する随筆に胸を打たれる。激しいイメージの野枝であるが、彌生子の文章は、そんな彼女の本質であるところの「可愛らしさ」を読者の胸に印象付け、後世に語り継ぐ。人間の本質を見つめる彌生子のまなざしは、強く、確かなものであり、時代や社会に翻弄されることは決してない。

本質へのまなざし、これが太い杭のようにしっかりと作家の中に打たれていなければ、生き抜き、書き続けることはできない。「五月の庭」では、社会がどのように変化しようとも根強く命を保ち、花を咲かせる自宅の藤の花を見つめ、こう記した。

どんなことをしても生きなければならない。成長しなければならない。花を咲かせ、実にならせなければならない。下の棚で生きて行くのがむずかしいなら、どこか生きられる場所を探さなければならない。

「生きられる場所」が必要なのである。そこで、花が咲く。一方で、先にも紹介した随筆「山草」の中では、崖ぞいの斜面に群がり咲いた「がんぴ」を見て彌生子はこう述べた。

咲かなければならないものは、また咲きうる力をもっているものはいつかは屹度花になるのだ。

「がんぴ」が「がんぴ」の花を咲かせること、それが本質だ。藤は藤の花を咲かせる。「がんぴ」に藤は咲かない。野上彌生子は野上彌生子の時間を全うする。そのために「生きられる場所」が必要なのである。

彌生子は「生きられる場所」に天性的に恵まれていた。彼女の生家は大分県・臼杵《うすき》市の醸造家であった。酒や味噌、醤油などをつくり、財をなし、後には「フンドーキン醤油」として発展した。彼女はこんな実家において、理解のある両親のもとにすくすくと育ち、同郷文学に目覚めた。十四歳で上京し、叔父の家に世話になりながら明治女学校に通い、同郷の帝大生・野上豊一郎と交流をもつようになった。知識があり、性格は穏やかな人であった。この人と結婚すれば文学を続けることができる、という彌生子の直感は的中し、結婚後、夫の収入がそれほど多くはない時期においてさえも、女中を二人もおいてくれた。おかげで、彌生子は家事などに忙殺されることなく、好きな文学の勉強に邁進《まいしん》することができた。

さらに、夫・豊一郎を通して彌生子は夏目漱石を知ることができた。自ら書いた小説を読んでもらい、文壇的には、漱石門下という、近代文学史上、最大の派閥の一員となった。

女性作家の派閥と言えば、当時話題になったのは、平塚らいてうを中心とする、女性による、女性のための革新的な文芸雑誌「青鞜《せいとう》」だ。「青鞜」は世間の注目を浴び、らいてうたちは「新しい女」と呼ばれ、もてはやされた。彌生子も誘われたが、すぐに脱退してしまった。その理由は、「ジャーナリズムにも乗せられ、私の書斎主義では同調されなくなった」ためだ。彌生子にとって「青鞜」は「生きられる場所」ではなかったのである。

女性の自立を訴え、社会の変革を求めた「新しい女」たちからしてみれば、彌生子は保守的と映ったことであろう。家や時代、社会への変革を求めないし、冒険はしない。身の丈にあった安定感のある「生きるための場所」を得、守ることに徹した。こんな彌生子に、私はサッカーのゴールキーパーの姿を重ねる。守ることに徹し、最先端で攻撃はしないため、それほど注目は浴びない。しかし、守る力は偉大だ。なぜならば、キーパーが守り続け、守りきれば、絶対に負けないからである。

こうした彌生子の保守の精神は、何よりも、師匠・夏目漱石の存在があってこそのものであった。「夏目先生の思い出――修善寺にて――」には、漱石への思いが綴られる。「読んで頂く人として先生をいつも一番に頭に入れていた」という言葉を読むと、時代に流されない本質へのまなざしは、心から信頼できる漱石という師匠がいたからこそ、確固として彌生子のなかに深く根付いていたことがわかる。

そもそも彌生子の文壇デビューは漱石に作品を認められたことに始まる。彌生子はこの恩と尊敬を、終生抱きながら文学の道を歩んでいった。翻訳を行い、短編小説を地道に書き続け、三十七歳で『海神丸《かいじんまる》』を発表し文学者としての成長を示すと、四十三歳から四十五歳にかけて長編『真知子』を書き上げた。五十歳代から戦争を挟んで七十歳代にかけては大長編『迷路』を完成させ、読売文学賞を受賞する。七十歳代後半からは迫真の名作『秀吉と利休』を書き、女流文学賞を受賞した。野上彌生子文学は、開花した。

漱石は、はじめて彌生子の小説（習作『明暗』）を読んだときに、まだ二十歳そこそこの彼女に「年は大変な有力なものなり。……余の年と云ふは文学者としてとつたる年なり」（一九〇七年一月十七日の彌生子宛の書簡）と伝えた。彌生子は師匠・夏目漱石の言葉を守り、生涯の最後まで、「生きられる場所」で一人、ものを書き続けた。

言葉を保ち続け、守り続けたこと。ここに野上彌生子の保守精神の美しさとひそやかな激しさがある。いくら恵まれた環境にいたとしても、とんでもない変化球も飛んできたであろうし、汚れた球を投げつけられたこともあっただろう。しかし彌生子は自らの文学の正統を死守し、結果として、末広がりな、大きな人生を全うしたのである。

―略年譜　中里恒子―

一九〇九年（明治四十二年）
十二月二十三日、神奈川県藤沢市に、中里万蔵、保乃の次女として生まれる。
一九一六年（大正五年）　七歳
横浜市尋常第一日枝小学校に入学する。小学校の頃に習いはじめた長唄は生涯にわたる趣味となった。
一九二二年（大正十一年）　十三歳
横浜紅蘭女学校（現・横浜雙葉学園）に入学する。
一九二三年（大正十二年）　十四歳
九月一日、関東大震災が起こり、横浜紅蘭女学校焼失。半年休学し、川崎実科高等女学校に編入学。二五年、卒業。
一九二六年（大正十五年・昭和元年）　十七歳
この頃、母方の遠縁にあたる文藝春秋社の菅忠雄の紹介で永井龍男を知り、文学を志すようになる。
一九二八年（昭和三年）　十九歳
処女作「明らかな気持」が文藝春秋社刊「創作月刊」六月号に掲載される。十二月、兄の友人の弟・佐藤信重と結婚。大森新井宿に新居を構える。
一九三〇年（昭和五年）　二十一歳
五月、父が胃癌により死去。八月、長女・圭子誕生。
一九三一年（昭和六年）　二十二歳
この年の夏前に横光利一をおとずれ、以後師事する。後に、横光の紹介で堀辰雄、川端康成との交際も始まる。
一九三二年（昭和七年）　二十三歳
軽い肺結核の養生のため、逗子の農家の離れに住む。
一九三三年（昭和八年）　二十四歳
逗子の桜山仲町に家を建て、そこが終生の住処となる。
一九三九年（昭和十四年）　三十歳
二月、「乗合馬車」「日光室」が第八回芥川賞に選ばれる。女性作家として初めての受賞であった。四月、短篇集

『乗合馬車』(小山書店)刊行。
一九四二年(昭和十七年) 三十三歳
十一月、『随筆集 常夏』(全国書房)刊行。
一九四三年(昭和十八年) 三十四歳
軍の命令で文学者としてジャワ方面に派遣されることになるも、体調を崩し、医師の診断書を司令部に提出して派遣をまぬがれる。
一九四七年(昭和二十二年) 三十八歳
四月、『まりあんぬ物語』(鎌倉文庫)刊行。十二月、横光利一死去。
一九五二年(昭和二十七年) 四十三歳
十一月、長女・圭子が留学のため渡米する。
一九五六年(昭和三十一年) 四十七歳
別居していた夫との離婚が成立。圭子、アメリカ人レイモンド・スクリブナーと結婚。
一九七二年(昭和四十七年) 六十三歳
五月、『閉ざされた海』(講談社)刊行。
一九七三年(昭和四十八年) 六十四歳
十一月、短篇集『歌枕』(新潮社)刊行。翌年二月、同作品で第二十五回読売文学賞受賞。
一九七七年(昭和五十二年) 六十八歳
十月、書き下ろし『時雨の記』(文藝春秋)刊行。
一九七八年(昭和五十三年) 六十九歳
十二月、『誰袖草』(文藝春秋)刊行。同作品により翌年十月、第十八回女流文学賞を受賞。
一九八七年(昭和六十二年) 七十七歳
四月五日、娘・圭子と孫娘・ジョイスに見守られながら大腸腫瘍のため死去。

*岡宣子氏編、高橋一清氏編の年譜を参考にさせていただきました。

―略年譜　野上彌生子―

一八八五年（明治十八年）
五月六日、大分県臼杵町（現・臼杵市浜町）に小手川角三郎、マサの長女として生まれる。小手川家は酒造業を営んでおり、臼杵実業界で力を持っていた。

一八九一年（明治二十四年）　六歳
四月、臼杵尋常小学校に入学。

一八九五年（明治二十八年）　十歳
四月、臼杵尋常高等小学校に入学。国学者・久保会蔵のもとに通い、源氏物語、四書など古典を学ぶ。

一八九九年（明治三十二年）　十四歳
三月、臼杵尋常高等小学校を卒業。後藤熊生に英語を学ぶ。

一九〇〇年（明治三十三年）　十五歳
上京し、叔父・小手川豊次郎方に寄宿。明治女学校普通科に入学。

一九〇三年（明治三十六年）　十八歳
明治女学校普通科卒業、高等科に進む。

一九〇六年（明治三十九年）　二十一歳
三月、明治女学校高等科を卒業。八月、同郷で東京帝国大学在学中の野上豊一郎と結婚（入籍は四十一年十月）。夫は英文学者かつ能の研究者となる。

一九〇七年（明治四十年）　二十二歳
二月、夏目漱石の指導で「縁（えにし）」を「ホトトギス」に発表する。

一九一〇年（明治四十三年）　二十五歳
一月、長男・素一誕生。

一九一一年（明治四十四年）　二十六歳
九月、「青鞜」創刊に社員として関わるが、翌月退社。寄稿者としては大正五年の終刊まで協力した。

一九一三年（大正二年）　二十八歳
九月、次男・茂吉郎誕生。

一九一八年（大正七年）　三十三歳
四月、三男・耀三誕生。
一九二二年（大正十一年）　三十七歳
十二月、『海神丸』（春陽堂）刊行。
一九三一年（昭和六年）　四十六歳
四月、『真知子』（鉄塔書院）刊行。
一九三八年（昭和十三年）　五十三歳
十月、日英交換教授として渡欧する豊一郎に同行。一年後に帰国する。
一九四四年（昭和十九年）　五十九歳
秋より北軽井沢の山荘で疎開生活に入る。
一九四八年（昭和二十三年）　六十三歳
九月、世田谷区成城の自宅に戻る。
一九五〇年（昭和二十五年）　六十五歳
二月、豊一郎急逝。
一九五六年（昭和三十一年）　七十一歳
『迷路』が完結し、十一月、第六部刊行（岩波書店）。同作品で翌年の第九回読売文学賞を受賞する。
一九六四年（昭和三十九年）　七十九歳
二月、『秀吉と利休』（中央公論社）刊行。四月、同作品により第三回女流文学賞受賞。
一九七一年（昭和四十六年）　八十六歳
十月、文化勲章受章。
一九七二年（昭和四十七年）　八十七歳
五月、「新潮」に「森」第一章を発表。以降、断続的に掲載される（未完）。
一九八五年（昭和六十年）　九十九歳
三月三十日、自宅にて死去。

＊助川徳是氏編、ソコロワ山下聖美氏編の年譜を参考にさせていただきました。

本書の底本として左記の全集、単行本を使用しました。ただし旧かな遣いは新かな遣いに変更し、旧字体は新字体に改めました。また、適宜ルビをふり、明らかな誤記では訂正した箇所もあります。なお、本書には今日の社会的規範に照らせば差別的表現ととられかねない箇所がありますが、作品の書かれた時代また著者が故人であることに鑑み、原文のままとしました。

中里恒子
　中央公論社『中里恒子全集　第十七巻』（一九八一年一月刊）
　　『中里恒子全集　第十八巻』（一九八一年三月刊）
　中央公論社『不意のこと』（一九八二年八月刊）

野上彌生子
　岩波書店『野上彌生子全集　第十八巻』（一九八〇年九月刊）
　　『野上彌生子全集　第十九巻』（一九八一年二月刊）
　　『野上彌生子全集　第二十巻』（一九八一年六月刊）
　　『野上彌生子全集　第二十一巻』（一九八一年九月刊）
　　『野上彌生子全集　第二十二巻』（一九八二年一月刊）
　　『野上彌生子全集　第二十三巻』（一九八二年四月刊）
　　『野上彌生子全集　第Ⅱ期　第二十九巻』（一九九一年八月刊）

単行本『精選女性随筆集　第十巻　中里恒子　野上彌生子』
二〇一二年十月　文藝春秋刊（文庫化にあたり改題）

装画・本文カット
神坂雪佳・古谷紅麟 編『新美術海』（芸艸堂）、
神坂雪佳『蝶千種・海路』（芸艸堂）より
本文デザイン　大久保明子
DTP制作　ローヤル企画

中里恒子様の著作権継承者を手を尽くして探しましたが、お探しできませんでした。
お心当たりの方は、小社までご一報頂ければ幸いです。
文春文庫編集部

本書の無断複写は著作権法上での例外を除き禁じられています。
また、私的使用以外のいかなる電子的複製行為も一切認められておりません。

文春文庫

精選女性随筆集《せいせんじょせいずいひつしゅう》　中里恒子《なかざとつねこ》　野上彌生子《のがみやえこ》

定価はカバーに表示してあります

2024年6月10日　第1刷

著　者　中《なか》里《ざと》恒《つね》子《こ》　野《の》上《がみ》彌《や》生《え》子《こ》
編　者　小《こ》池《いけ》真《ま》理《り》子《こ》
発行者　大沼貴之
発行所　株式会社 文藝春秋

東京都千代田区紀尾井町 3-23　〒102-8008
TEL　03・3265・1211㈹
文藝春秋ホームページ　http://www.bunshun.co.jp

落丁、乱丁本は、お手数ですが小社製作部宛お送り下さい。送料小社負担でお取替致します。

印刷製本・TOPPAN

Printed in Japan
ISBN978-4-16-792239-9

精選女性随筆集　全十二巻　文春文庫

二〇二三年九月から
毎月一冊刊行予定です

幸田文　川上弘美選
森茉莉　吉屋信子　小池真理子選
向田邦子　小池真理子選
有吉佐和子　岡本かの子　川上弘美選
武田百合子　川上弘美選
宇野千代　大庭みな子　小池真理子選

倉橋由美子　小池真理子選
石井桃子　高峰秀子　川上弘美選
白洲正子　小池真理子選
中里恒子　野上彌生子　小池真理子選
須賀敦子　川上弘美選
石井好子　沢村貞子　川上弘美選

（　）内は解説者。品切の節はご容赦下さい。

安西水丸
ちいさな城下町
有名無名を問わず、水丸さんが惹かれてやまなかった村上市・行田市・中津市・高梁市など二十一の城下町。歴史的事件や人物の逸話、四コマ漫画も読んで楽しい旅エッセイ。（松平定知）
あ-73-1

赤塚隆二
清張鉄道1万3500キロ
「点と線」「ゼロの焦点」などの松本清張作品を「乗り鉄」の視点で徹底研究。作中の誰が、どの路線に最初に乗ったのかという「初乗り」から昭和の日本が見えてくる。（酒井順子）
あ-89-1

井上ひさし
ボローニャ紀行
文化による都市再生のモデルとして名高いイタリアの小都市ボローニャ。街を訪れた著者は、人々が力を合わせ理想を追う姿を見つめ、思索を深める。豊かな文明論的エセー。（小森陽一）
い-3-29

池波正太郎
夜明けのブランデー
映画や演劇、万年筆に帽子、食べもの日記や酒のこと。週刊文春に連載されたショート・エッセイを著者直筆の絵とともに楽しめる穏やかな老熟の日々が綴られた池波版絵日記。（池内　紀）
い-4-90

池波正太郎
ル・パスタン
人生の味わいは「暇」にある。可愛がってくれた曾祖母、「万物」のホットケーキ、フランスの村へジャン・ルノアールの墓参り。「心の杖」を画と文で描く晩年の名エッセイ。（彭　理恵）
い-4-136

伊集院　静
文字に美はありや。
文字に美しい、美しくないということが本当にあるのか。〝書聖〟王羲之に始まり、戦国武将や幕末の偉人、作家や芸人ら有名人から書道ロボットまで、歴代の名筆をたどり考察する。
い-26-26

伊藤比呂美
切腹考
鷗外先生とわたし
前夫と別れ熊本から渡米し、イギリス人の夫を看取るまで。生きる死ぬるの仏教の世界に身を浸し、生を曝してきた詩人が鷗外を道連れに編む、無常の世を生きるための文学。（姜　信子）
い-99-2

（　）内は解説者。品切の節はご容赦下さい。

井上ユリ
姉・米原万里
プラハのソビエト学校で少女時代を共に過ごした三歳下の妹が、食べものの記憶を通して綴る姉の思い出。初めて明かされる名エッセイの舞台裏。初公開の秘蔵写真多数掲載。（福岡伸一）
い-104-1

上野千鶴子
おひとりさまの老後
結婚していてもしてなくても、最後は必ずひとりになる。でも、智恵と工夫さえあれば、老後のひとり暮らしは怖くない。80万部のベストセラー、待望の文庫化！（角田光代）
う-28-1

上野千鶴子
ひとりの午後に
世間知らずだった子供時代、孤独を抱えて生きていた十代のころ……。著者の知られざる生い立ちや内面を、抑制された筆致で綴ったエッセイ集。（伊藤比呂美）
う-28-3

内田洋子
ジーノの家
イタリア10景
イタリア人は人間の見本かもしれない——在イタリア三十年の著者が目にしたかの国の魅力溢れる人間達。忘れえぬ出会いや情景をこの上ない端正な文章で描ききるエッセイ。（松田哲夫）
う-30-1

内田洋子
ロベルトからの手紙
俳優の夫との思い出を守り続ける老女、弟を想う働き者の姉たち、無職で引きこもりの息子を案じる母——イタリアの様々な家族の形とほろ苦い人生を端正に描く随筆集。（平松洋子）
う-30-2

遠藤周作
生き上手　死に上手
死ぬ時は死ぬがよし……だれもがこんな境地で死を迎えたい。でも死はひたすら恐い。だからこそ死に稽古が必要になる。周作先生が自らの失敗談を交えて贈る人生セミナー。（矢代静一）
え-1-12

江國香織
やわらかなレタス
ひとつの言葉から広がる無限のイメージ——。江國さんの手にかかると、日々のささいな出来事さえも、キラキラ輝いて見えだします。読者を不思議な世界にいざなう、待望のエッセイ集。
え-10-3

（　）内は解説者。品切の節はご容赦下さい。

小川洋子
とにかく散歩いたしましょう
ハダカデバネズミとの心躍る対面、同郷のフィギュアスケーターの演技を見て流す涙、そして永眠した愛犬ラブと暮らした日々。創作の源泉を明かす珠玉のエッセイ46篇。（津村記久子）
お-17-4

岡田光世
ニューヨークのとけない魔法
東京とニューヨーク。同じ大都会の孤独でもこんなに違う。お節介で、図々しくて、孤独な人たち。でもどうしようもなく惹きつけられてしまうニューヨークの魔法とは？（立花珠樹）
お-41-1

大宮エリー
生きるコント
毎日、真面目に生きているつもりなのに……なぜか、すべてがコントになってしまう人生。作家・大宮エリーのデビュー作となった、大笑いのあとほろりとくる悲喜劇エッセイ。（片桐　仁）
お-51-1

大宮エリー
生きるコント2
笑ったり泣いたり水浸しになったり。何をしでかすか分からない〝嵐を呼ぶ女〟大宮エリーのコントのような爆笑エッセイ集、第2弾。読むとラクになれます。（松尾スズキ）
お-51-2

尾崎世界観
苦汁100％　濃縮還元
初小説が文壇を驚愕させた尾崎世界観の日常と非日常。文庫化に際し、クリープハイプ結成10周年ライブがコロナ禍で中止になった最中の最新日記を大幅加筆。苦味と旨味が増してます！
お-76-2

尾崎世界観
苦汁200％　ストロング
尾崎世界観の赤裸々日記、絶頂の第2弾。文庫化にあたり「芥川賞候補ウッキウ記」2万字書き下ろし。「情熱大陸」に密着され、『母影』が芥川賞にノミネートされた怒濤の日を加筆。
お-76-3

（　）内は解説者。品切の節はご容赦下さい。

岡田　育
ハジの多い人生
痴漢だらけの満員電車で女子校へ通った九〇年代、メガネ男子や献血、自らの大足が気になり、三十路でタカラヅカに開眼。世界の端でつぶやく著者会心のデビュー作。（宇垣美里）
お-78-1

大竹英洋
そして、ぼくは旅に出た。
はじまりの森 ノースウッズ
オオカミの夢を見た著者は、ある写真集と出会い単身で渡米する。読む人に深い感動と気付きをもたらす、人生の羅針盤となりうる一冊。梅棹忠夫・山と探検文学賞受賞作。（松家仁之）
お-80-1

開高　健
私の釣魚大全
まずミミズを掘ることからはじまり、メコン川でカチョックという変な魚を一尾釣ることに至る国際的な釣りのはなしと、井伏鱒二氏が鱒を釣る話など、楽しさあふれる極上エッセイ。

か-1-2

角田光代
なんでわざわざ中年体育
中年たちは皆、運動を始める。フルマラソンに山登り、ボルダリング、アウトドアヨガ。インドア派を自認する人気作家が果敢に様々なスポーツに挑戦した爆笑と共感の傑作エッセイ。

か-32-16

加納朋子
無菌病棟より愛をこめて
愛してくれる人がいるから、なるべく死なないように頑張ろう。急性白血病の告知を受け仕事も家族も放り出しての緊急入院、抗癌剤治療、骨髄移植——人気作家が綴る涙と笑いの闘病記。

か-33-5

川上未映子
きみは赤ちゃん
35歳で初めての出産。それは試練の連続だった！　芥川賞作家の鋭い観察眼で「妊娠・出産・育児」という大事業の現実を率直に描き、多くの涙と共感を呼んだベストセラー異色エッセイ。

か-51-4

河野裕子・永田和宏
たとへば君《きみ》
四十年の恋歌
乳がんで亡くなった歌人の河野裕子さん。大学時代の出会いから、結婚、子育て、発病、そして死。先立つ妻と見守り続けた夫。交わした愛の歌380首とエッセイ。（川本三郎）
か-64-1

（　）内は解説者。品切の節はご容赦下さい。

角幡唯介
探検家の憂鬱
チベットから富士山、北極……。「生のぎりぎりの淵をのぞき見ても、もっと行けたんじゃないかと思ってしまう」探検家・角幡唯介にとって、生きるとは何か。孤高のエッセイ集。
か-67-1

黒柳徹子
チャックより愛をこめて
長い休みも海外生活も一人暮らしも何もかもが初めての経験。NY留学の1年を喜怒哀楽いっぱいに描いた初エッセイが新装版に。インスタグラムで話題となった当時の写真も多数収録。
く-2-3

高橋順子
夫・車谷長吉
直木賞受賞作『赤目四十八瀧心中未遂』で知られる異色の私小説作家の求愛を受け容れ、最後まで妻として支え抜いた詩人が回想する桁外れな夫婦の姿。講談社エッセイ賞受賞。（角田光代）
く-19-50

小林秀雄
考えるヒント
常識、漫画、良心、歴史、役者、ヒットラーと悪魔、平家物語などの項目を収めた「考えるヒント」に随想「四季」を加え、「ソヴェットの旅」を付した明快達意の随筆集。（江藤　淳）
こ-1-8

小林秀雄
考えるヒント2
忠臣蔵、学問、考えるという事、ヒューマニズム、還暦、哲学、天命を知るとは、歴史、など十二篇に「常識について」を併載して、いま改めて考えることの愉悦を教える。（江藤　淳）
こ-1-9

小林秀雄
考えるヒント3
「知の巨人」の思索の到達点を示すシリーズの第三弾。柳田民俗学の意義を正確に読み解き、現代知識人の盲点を鋭くついた歴史的名講演「信ずることと知ること」ほかの講演を収録する。
こ-1-10

小林信彦
生還
自宅で脳梗塞を起こした、八十四歳の私。入院・転院・リハビリ・帰宅・骨折・再入院を繰り返す私は本当に治癒していくのか？人生でもっとも死に近づいた日々を記した執念の闘病記。
こ-6-39

（　）内は解説者。品切の節はご容赦下さい。

佐藤愛子
我が老後
妊娠中の娘から二羽のインコを預かったのが受難の始まり。さらに仔犬、孫の面倒まで押しつけられ、平穏な生活はぶちこわし。ああ、我が老後は日々これ闘いなのだ。痛快抱腹エッセイ。
さ-18-2

佐藤愛子
冥途のお客
岐阜の幽霊住宅で江原啓之氏が見たもの、狐霊憑依事件、金縛り体験記、霊能者の優劣……。「この世よりもあの世の友が多くなってしまった」著者の、怖くて切ない霊との交遊録、第二弾。
さ-18-13

酒井順子
無恥の恥
「恥ずかしがり屋の日本人」はどこに消えた？　古来「恥の文化」を生きてきた日本人。SNS上で「自慢したい！」欲望が溢れ出した。文庫化記念に小林聡美さんとの抱腹絶倒対談を収録。
さ-29-9

堺　雅人
文・堺雅人
大きな話題を呼んだ、演技派俳優の初エッセイ。文庫版では蔵出しインタビュー＆写真、作家・宮尾登美子さんとの「篤姫」対談や、作品年表も収録。役者の「頭の中」っておもしろい。
さ-60-1

司馬遼太郎
余話として
竜馬の「許婚者」の墓に刻まれた言葉、西郷さんの本当の名前――。歴史の大家がふとした時に漏らしたこぼれ話や、名作の舞台裏をまとめた、壮大で愉快なエッセイ集。（白川浩司）
し-1-139

東海林さだお
ガン入院オロオロ日記
「ガンですね」医師に突然告げられガーンとなったショージ君。病院食・ヨレヨレパジャマ・点滴のガラガラ。四十日の入院生活が始まった！　他、ミリメシ、肉フェスなど。（池内　紀）
し-6-93

東海林さだお
ざんねんな食べ物事典
食べ物に漂う〝ざんねん〟を鋭く見抜いて検証する表題作から、誰も研究しなかった「ラーメン行動学」、インスタントラーメン60年史まで。爆笑必至のエッセイ集。（長田昭二）
し-6-97

塩野七生
男の肖像
ペリクレス、アレクサンダー大王、カエサル、北条時宗、織田信長、ナポレオン、西郷隆盛、チャーチル……歴史を動かした不世出の英雄たちに、いま学ぶべきこととは？（楠木　建）
し-24-4

塩野七生
男たちへ
フツウの男をフツウでない男にするための54章
男の色気はうなじに出る、薄毛も肥満も終わりにあらず。成功する男の４つの条件、上手に老いる10の戦術など、本当の大人になるための、喝とユーモアに溢れた指南書。（開沼　博）
し-24-5

塩野七生
再び男たちへ
フツウであることに満足できなくなった男のための63章
内憂外患の現代日本。人材は枯渇したのか、政治改革はなぜ成功しないのか、いま求められる指導者とは？　身近な話題から国際問題まで、日本の「大人たち」へ贈る警世の書。（中野　翠）
し-24-6

ジェーン・スー
女の甲冑、着たり脱いだり毎日が戦なり。
「都会で働く大人の女」でありたい！　そのために、今日も心と体を武装する。ややこしき自意識と世間の目に翻弄されながら、日々を果敢かつ不毛に戦うエッセイ集。（中野信子）
し-66-1

新保信長
字が汚い！
自分の字の汚さに今更ながら愕然とした著者が古今東西の悪筆を調べまくった世界初、ヘタ字をめぐる右往左往ルポ！　果たして、50年以上ヘタだった字は上手くなるのか？（北尾トロ）
し-68-1

須賀敦子
コルシア書店の仲間たち
ミラノで理想の共同体を夢みて設立されたコルシア書店に仲間として迎えられた著者。そこに出入りする友人たち、貴族の世界などを、深くやわらかい筆致で描いた名作エッセイ。（松山　巖）
す-8-1

須賀敦子
ヴェネツィアの宿
父や母、人生の途上に現れては消えた人々が織りなす様々なドラマ。「ヴェネツィアの宿」「夏のおわり」「寄宿学校」「カティアが歩いた道」等、最も美しい文章で綴られた十二篇。（関川夏央）
す-8-2

文春文庫　最新刊

三国志名臣列伝　魏篇　宮城谷昌光
魏の始祖・曹操の期待に応え国づくりを支えた名将たち

笑うマトリョーシカ　早見和真
若き総理候補は操り人形か？　心の闇に迫るミステリー

剣樹抄　インヘルノの章　冲方丁
再び江戸が火の渦に。傑作時代エンタメ圧巻の完結

海神の子　川越宗一
「国性爺合戦」の主人公を描く、血沸き肉躍る傑作長編

枝豆とたずね人　ゆうれい居酒屋5　山口恵以子
新聞の「尋ね人」の欄に秘められた男女の機微など五篇

戸惑いの捜査線　警察小説アンソロジー　佐々木譲　乃南アサ　松嶋智左　大山誠一郎　長岡弘樹　櫛木理宇　今野敏
今を時めく警察小説の書き手が紡ぐ、傑作短篇集第2弾

祓い師笹目とウツログサ　ほしおさなえ
人の目には見えないウツログサ。憑かれる人々と祓う男

夜叉の都　伊東潤
鬼と化して幕府を守り抜いた北条政子を描いた歴史巨編

武士の流儀（十）　稲葉稔
清兵衛は脅迫状に怯えるお仙の用心棒をする羽目になり…

地上の星　村木嵐
「島原の乱」開戦前夜の天草に語り継がれた物語を描く

凍る草原に絵は溶ける　天城光琴
異変に襲われた遊牧民と芸術家を描く松本清張賞受賞作

峠しぐれ　葉室麟
どんな困り事も峠の茶屋の夫婦が解決！　痛快時代小説

鎌倉署・小笠原亜澄の事件簿　竹寺の雪　鳴神響一
古い映画に隠された秘密に、凸凹幼馴染コンビが挑む！

暁からすの嫁さがし　一　雨咲はな
妖魔退治を共にしてきた当真を探すべく奈緒は動き出す

精選女性随筆集　中里恒子　野上彌生子　小池真理子選
一人暮らしを慈しむ女性小説家達の滋味溢れる身辺の記

死者は嘘をつかない　スティーヴン・キング　土屋晃訳
死者が見えてしまう「ぼく」の成長を描く青春×ホラー

戦史の証言者たち　〈学藝ライブラリー〉　吉村昭
数多の証言者たちを訪ね聞き描いた、太平洋戦争の真実